LES AUTRES,
C'EST RIEN QUE DES SALES TYPES

Du même auteur

Éditions Bernard Barrault

Tristesse de la Balance et autres signes, 1983, prix A. Barre/SGDL
Chronique de la vie continue, 1984
Soirées dansantes à l'orphelinat, roman, 1985
Le Parapluie du Samouraï, roman, 1987
Je voudrais parler au Directeur, roman, 1990,
prix Thyde-Monnier
Higelin, Higelin, récit-portrait, 1991

Julliard

Le Pas du loup, roman, 1995, prix de Flore
Le Sage a dit, 1997 (J'ai lu, 1999)
La Petite Fille qui se souvenait d'avoir parlé avec l'ange, roman, 1997
L'Infini et des poussières, roman, 2000
Tristesse de la Balance et autres signes, album (dessins de Martin Veyron), 2001
Derniers camps de base avant les sommets, 2002,
prix Grand Chosier, prix Rhône-Alpes
L'Angleterre ferme à cinq heures, 2003
Rappelez-moi votre nom, 2004
La Course du chevau-léger, roman, 2006 (La Loupe, 2007)
Tristesse de la Balance (6e édition avec postface), 2007
J'aime pas les autres, roman, 2007, prix Georges-Brassens (10/18, 2009)
Les Sales Bêtes, prix 30 millions d'amis, 2008

Contributions

Le Grand Con, 2003, Le Seuil /Patrick Couratin
Des Papous dans la tête – l'Anthologie, 2004, *Dictionnaire des Papous dans la tête*, 2007, Gallimard
Des nouvelles du prix de Flore, 2004, Flammarion
Ousmane Sow, 2006, Actes Sud

JACQUES A. BERTRAND

LES AUTRES, C'EST RIEN QUE DES SALES TYPES

Julliard
24, avenue Marceau
75008 Paris

ISBN 978-2-260-01773-8

Sale type : 1 – *Règne animal, classe des mammifères, ordre des primates, famille des hominidés...* 2 – *Figure de style.*

I

LE CON

Le Con est typiquement humain. On n'en trouve dans aucune autre espèce animale, à l'exception de certains chiens (*Canis lupus domesticus*), car le chien, souvent, se complaît à imiter son maître. Bien qu'on soit habitué à le rencontrer, il demeure un sujet d'étonnement. D'exclamation, en tout cas. Quel Con !

La langue française jouit d'une excellente réputation.

On la parlait jadis dans les meilleures cours d'Europe. Par ailleurs, on la causait. Dans les tavernes, les champs, les manufactures. (Quand on ne lui préférait pas le breton, le basque ou l'occitan.) Aujourd'hui on la parle encore dans les cours de récréation, les cabinets ministériels, les bistrots, et même dans certains journaux.

Des mots disparaissent, d'autres ne font que passer, certains s'incrustent. Ils sont d'autant plus expressifs que leur sens n'est pas exactement défini.

Le Con est un cas d'espèce. Il en existe de nombreux types, de toute taille. Commençons par le plus grand.

Vous avez sûrement un Grand Con près de chez vous, peut-être même dans votre famille. Il y en a partout. Les grands cons sont des cons plutôt sympathiques, en général. Le Grand Con se cogne un peu partout, marche dans les flaques, se prend la tête dans les toiles d'araignée. Il n'a pas l'air très à l'aise dans l'existence. Il émeut. Les types qui ont toujours l'air à l'aise en toutes circonstances sont plutôt désagréables.

Le Grand Con est inadapté. Dans un monde que chacun s'accorde à déclarer petit, injuste, surpeuplé, pollué, cruel, le Grand Con demeure à bon droit stupide. (Du latin *stupidus* : frappé de stupeur.) Dans sa formidable simplicité, s'il n'est pas forcément le plus con, il reste le plus grand.

Il finit tout de même par lasser.

Mais il n'est pas seul. On risque de tomber aussi sur des petits cons, des gros cons, des vieux ou des jeunes cons, des cons comme un balai ou comme la lune, isolément ou en bande.

Ces gens-là sont assez difficiles à classer car, assez souvent, ils ne sont pas seulement petits ou gros, ou seulement vieux. On connaît de vieux petits gros. Certains ont l'air d'être grands parce qu'ils sont très maigres. On en croit d'autres petits parce qu'ils se trouvent loin – ou parce que leurs parents, leur conjoint ou leur directeur les tiennent à distance. On les distingue avec difficulté sur les photos de groupe.

Il peut arriver que le Pauvre Con soit redevable de l'impôt sur la fortune et que la première personne à pénétrer dans une salle soit justement le Dernier des Cons.

On reconnaît que de nombreux individus ont l'air con au fait qu'ils ne savent pas comment se tenir. Le Con a souvent d'excellentes raisons de ne pas savoir comment se tenir. Il est très grand et il est con. Il est très petit et il est con. Ou alors il est bêtement de taille moyenne et très con.

À moins que ce ne soit le contraire. Le Con aurait l'air con parce qu'il ne sait pas comment se tenir. Dans ce cas, le Con ne serait pas si con que ça.

C'est ce qui est embêtant, avec les cons. On n'est jamais sûr. L'espèce demeure profondément mystérieuse.

Observons le Con dans la nature.

Le Grand Con est généralement inoffensif, alors que le Petit Con est souvent teigneux. Mais, bien que des tas d'archivistes amateurs soient persuadés du contraire, l'étiquette ne fait pas l'homme. Il n'est donc pas impossible de tomber sur un Grand Méchant Con ou sur un Adorable Petit Con...

La Sagesse Populaire (qui n'est pas la moitié d'un con) s'accorde sur un échantillonnage qui donne à peu près ceci :

Le Grand Con et le Bon Con sont les plus civils. Ils disent bonjour, au revoir, merci. Ils sont parfois très drôles, mais ils ne s'en rendent pas forcément compte.

Le Gros Con est un con ambigu, pour ne pas dire un faux con. Il n'est souvent qu'un gros bêta. Mais, à l'occasion de certaines circonstances historiques, il peut se révéler capable du pire. Dans les temps difficiles, les Gros Cons ont tendance à se regrouper et il n'est pas rare que l'un d'eux, encouragé par l'effet de masse, se prenne soudain pour le Roi des Cons... L'histoire nous en donne malheureusement de multiples exemples (se référer à son manuel habituel).

Le Con Moyen n'est, en principe, pas dangereux. Mais n'allez surtout pas lui dire qu'il n'est qu'un Con Moyen. On a pu voir des tas de Cons Moyens consacrer leur vie aux entreprises les plus criminelles, ou les plus idiotes, dans le seul but d'échapper à la moyenne et de finir par être considérés comme des Gros Cons.

Le Con Moyen non contrarié a longtemps été employé dans l'infanterie. En première ligne, lors de batailles savamment planifiées. Parfois, on ne lui donnait même pas d'arme, seulement un tambour ou une cornemuse.

Il n'est pas sans inconvénient, non plus, de laisser entendre à un Con qui se croit propre qu'il n'est, à proprement parler, qu'un Sale Con. Le Sale Con est le plus désagréable de tous. On n'a pas trop envie d'en parler. Si on vous désigne un Sale Con et que vous réclamez des détails, on vous répondra vraisemblablement : « Laisse tomber, c'est un Sale Con, c'est tout ! »

Il est intéressant de signaler l'existence d'une sous-classe : le Sale Petit Con. Et qu'il n'existe pas de Sale Grand Con. Apparemment, personne n'a jamais rencontré de Sale Grand Con.

Le Con a-t-il des excuses ? Sans aucun doute. On peut lui trouver de bonnes excuses. Il a été très malade. Il n'a jamais eu de chance. Sa femme l'a quitté. Le noir est sorti quinze fois de suite à la roulette. Ses enfants ne viennent jamais le voir. Ses parents l'ont abandonné. Enfin… Il est quand même vraiment con.

Il faut cependant reconnaître que le sens du mot nous échappe. Le mot lui-même nous échappe souvent, dans certaines circonstances désagréables de la vie quotidienne (la vie est terriblement quotidienne), à des moments et dans des endroits où nous donnerions n'importe quoi pour être un peu seuls. Tranquilles. Il arrive que le Con lui-même vous traite de con. (Et ne vous êtes-vous jamais écrié : « Mais qu'est-ce que j'ai été con ! » ?)

Selon certaines études, tout le monde est, a été ou sera, un jour ou l'autre, une espèce de con.

N'empêche.

II

LE TOURISTE

On ne trouve le Touriste dans aucune autre espèce. (Sauf chez certains chiens abandonnés – parfois, d'ailleurs, abandonnés par le Touriste lui-même.) C'est donc un animal typiquement humain qu'il convient de ne pas confondre avec l'oiseau migrateur.

L'Anglais, dont les qualités de *globe-trotter* et de représentant de commerce ne sont plus à démontrer, nous emprunta le mot « tour » pour en tirer le mot *touring* (qu'il associa rapidement au mot *club*, comme à son habitude). À notre tour, si j'ose dire, nous lui empruntâmes le touring et le club, pendant qu'il créait le mot *tourism* avec un petit air de dégoût. Le *touring* est aristocratique. Le *tourism* est accessible à tout le monde (dans la limite de la hausse des prix du kérosène).

Longtemps, le Touriste fut un simple nomade. Il ne voyageait pas du tout pour le plaisir. Se déplaçant à pied avec un bâton, à dos d'âne, de mulet ou de cheval barbu et minuscule (Prjevalski), il ne s'intéressait nullement au paysage. Il pâturait.

Ce n'est qu'avec l'apparition, tardive, du dilettantisme, de la réduction du temps de travail et de l'élevage en batterie qu'il commença à s'ennuyer et décida d'aller régulièrement « faire un tour ». Ailleurs.

Le Touriste est allemand, français, suédois, hollandais, italien, japonais, chinois, belge ou luxembourgeois, mais, quelle que soit sa nationalité, il est essentiellement étranger.

Observons l'espèce dans la nature.

Le Touriste est spécialement insupportable en groupe. Il rit très fort à de mauvaises plaisanteries. Il méprise l'autochtone dont il dénigre la nourriture « de sauvage ». Il a grand tort. L'autochtone rit sous cape et rajoute du piment dans les plats : le Touriste en groupe attrape la tourista.

Le Touriste en groupe a généralement tout vu. Au moins à la télévision. Le Grand Canyon du Colorado, la Grande Muraille de Chine ou le désert du Kalahari ne l'impressionnent pas plus que ça. Il est même vaguement déçu par les chutes du Niagara et par le mont Fuji. La tour Eiffel, le pont du Gard, Windsor ou la porte de Brandebourg, c'est tout de même autre chose. « Restons français (anglais, allemands, italiens, espagnols...) » est son principe de base.

Le Touriste en solo ou en couple est beaucoup moins bruyant. Il affecte de trouver la nourriture indigène excellente. Il pose des tas de questions sur la faune et la flore locales. Les coutumes du coin l'enchantent. Tous les matins, il s'émerveille devant le paysage et glorifie les vertus du dépaysement. Il attrape tout de même la tourista.

Le Touriste en solo déteste le Touriste en groupe, qu'il fait semblant de ne pas comprendre quand il parle la même langue que lui. Le Touriste en solo est profondément humilié de tomber sur la gardienne de son immeuble à l'île Maurice.

Les progrès du commerce et de l'industrie du tourisme font que le Touriste est de plus en plus nombreux et qu'on le retrouve dans les endroits les plus surprenants. Il passe par une agence, qui l'oriente vers un « tour-opérateur », qui lui promet un bungalow à six ou sept étoiles sur une île déserte. Les prestations prévues par contrat ne sont pas toujours honorées. La compagnie de charters dépose son bilan. Le Touriste arrive en retard à l'usine.

Le Touriste voyage en avion, en train, en paquebot, en car, en pousse-pousse. Le Voyageur se déplace en Land Rover. Le Voyageur déplie d'imposantes cartes d'état-major sur le capot de son 4 × 4 et rédige un journal de voyage. Le Touriste recopie ses « meilleures pensées des tropiques » sur dix cartes postales, au comptoir de la réception de l'hôtel, et feuillette un guide touristique. On voit bien la différence.

Comme il lui arrive souvent de traverser des pays dont de nombreux habitants vivent au-dessous du fameux « seuil de pauvreté » (Mexique, Laos, Philippines, Congo, Cambodge, France, États-Unis...), il arrive que le Touriste attrape mauvaise conscience. L'année prochaine, il fera don d'une pioche pour creuser un puits au Burkina Faso.

L'industrie du guide est florissante car le Touriste est friand de bonnes adresses et tient à avoir l'air de savoir où il va, à défaut de réussir à se faire passer pour un Voyageur.

Il y aura bientôt autant de guides que de touristes. Il ne manque plus qu'un guide des guides, une sorte de guide suprême. Quoique chacun tienne pour le meilleur son guide préféré. On adhère à un guide comme à une secte.

Le rituel de la soirée diapos entre voisins est heureusement tombé en désuétude.

Le Routard proprement dit est un touriste jeune augmenté d'un sac à dos, qui n'a presque plus de thune, attend un mandat de sa maman qui tient une mercerie dans le Puy-de-Dôme, et va rater la rentrée universitaire.

Le Touriste Organisé est nettement plus âgé. Devant le Colisée, il s'inquiète du repas de midi. Encore des pâtes !

Le Cyclotouriste est un randonneur à pédales et à sacoches. On l'entend ahaner sur les pentes du mont Ventoux, dans le col du Grand Bois et parfois même sur les contreforts de l'Himalaya. Dans ce dernier cas, il est reconnaissable à ses lunettes de glacier et à son bonnet en peau de yak.

Le Touriste en 2 CV est en voie de disparition. C'est un touriste collector. Il exhibe sur la banquette arrière, généralement défoncée, le Guide des Derniers Vrais Garagistes de la planète.

Le Touriste Littéraire – autrement nommé Écrivain Voyageur – rédige la plupart de ses ouvrages à l'abri des coups de mer, dans un bistrot de Saint-Malo.

Le Touriste Uniforme, ou Touriste Grand Ordinaire, déboucle sa ceinture avant l'arrêt complet de l'avion, rallume son téléphone mobile, retire son chandail et enfile une chemise hawaïenne.

Naturellement, il ne faudrait pas croire, sur cette planète nous sommes tous d'une façon ou d'une autre des touristes. Des types de passage.

Et vous aurez sûrement remarqué comme moi que certains d'entre nous, sans même user jamais du moindre titre de transport, ont l'air de ne faire que passer. De se promener en touristes dans leur propre vie.

Si au moins ils ramassaient leurs emballages, leurs canettes vides et leurs cartouches !

III

L'IMBÉCILE HEUREUX

Quoi de plus humain que l'Imbécile Heureux ? On n'en trouve dans aucune autre espèce animale (ou alors, peut-être, chez certains chiens de compagnie). Quand on prend le temps d'observer un peu l'humanité, on finit par se demander si l'imbécillité heureuse ne serait pas l'état de grâce auquel elle aspire.

Le latin *imbecillus* désignait le faible, de corps ou d'esprit.

Il y a deux sortes de mots : ceux dont le sens n'a cessé de s'affaiblir avec le temps et ceux dont le sens se renforce, parfois jusqu'à l'exagération. Paradoxalement, le sens d'imbécile, faible, a été fortement exagéré. Il a rapidement signifié le manque d'intelligence, puis la sottise et la stupidité. Enfin, au regard de la médecine, il est carrément devenu synonyme d'arriération. (Âge mental entre trois et sept ans, quotient intellectuel entre trente et cinquante, ce qui est assez peu. J'ai connu personnellement des gens qui n'arrêtaient pas de faire les imbéciles avec des QI beaucoup plus gros.)

C'est à peu près vers cette époque que l'on a décidé de nommer « faible » le sexe appelé jusque-là le « sexe imbécile » – par un regain de galanterie et un retour à l'étymologie.

On rencontre dans la nature de nombreuses espèces d'imbéciles qu'il serait déraisonnable de vouloir toutes recenser. Citons seulement, pour l'anecdote, le triple imbécile (aussi appelé triple buse, ce qui est désagréable pour ce rapace diurne qui, s'il est parfois variable, n'est pas plus bête qu'un autre).

Nous aborderons essentiellement au cours de ce chapitre le cas du plus beau fleuron de l'imbécillité. J'ai nommé l'Imbécile Heureux.

L'Imbécile Heureux se distingue de prime abord par son air bête et béat. L'association des mots bête et béat a donné le mot bêta.

À la campagne, sa chemise sort régulièrement de son pantalon. À la ville, son veston est souvent boutonné en « menteux ». Il a toujours l'air d'avoir reçu de bonnes nouvelles. La pluie ne le mouille pas.

Il n'a jamais de chagrin d'amour : il croit qu'on l'aime.

Il dit bonjour à tout le monde, même aux curés et aux agents de police. C'est un simple. Il y a près de deux mille ans déjà, l'apôtre Matthieu évoquait son cas dans son journal : « Heureux les simples ! » soupirait-il.

Dans les classes populaires, on le laisse vadrouiller à sa guise toute la sainte journée. Dans les classes moins populaires, on fait tout ce qu'on peut pour le placer sous tutelle, afin de l'empêcher de dilapider le patrimoine en boursicotant.

Vous vous demandez sûrement – à bon droit – s'il existe des imbéciles malheureux. La réponse est non. Il n'y en a pas. Personne n'a jamais rencontré un Imbécile Malheureux à l'état naturel.

Cela s'explique aisément. L'Imbécile Malheureux ne serait plus tout à fait un imbécile. Il serait principalement malheureux, comme vous et moi. Les spécialistes de la psychologie des profondeurs – aujourd'hui appelée « science cognitive » – vous le confirmeront : l'Imbécile n'a pas conscience d'être un imbécile.

Donc, si vous avez conscience d'être un imbécile, c'est précisément que vous n'en êtes pas un. Alors que, au contraire, si vous avez conscience d'être heureux, c'est que vous êtes probablement heureux.

Sauf si vous êtes un imbécile.

Naturellement, certains sont un peu plus imbéciles qu'heureux, d'autres légèrement plus heureux qu'imbéciles, car personne n'est parfait. L'Imbécile Heureux moyen n'a qu'une existence virtuelle. Il relève de la statistique.

L'Imbécile Heureux n'est pas forcément gai pour autant. En fait, il est beaucoup moins insupportable que l'Imbécile Gai. L'Imbécile Gai est plus con qu'imbécile. Il voudrait mettre de la gaieté partout. Il termine tous ses discours de fin de banquet par ce qu'il appelle « une note d'humour ». Il vous jette des confettis à la figure. Il est exaspérant. Deux Imbéciles assassinés sur trois sont des Imbéciles Gais.

Vous remarquerez que je n'ai pas cité de noms, et pourtant je connais un grand nombre d'Imbéciles. Mais j'ai le souci du droit français et le droit français interdit formellement de traiter qui que ce soit d'imbécile.

Parlons un peu du droit français.

La loi punit un certain nombre d'agissements réputés illégaux et en particulier la diffamation et l'injure. De la même façon que l'on peut reconnaître au meurtrier, dans certains cas, des circonstances atténuantes, il est possible de revendiquer en matière de diffamation « l'excuse de vérité ».

Par exemple, vous avez raconté dans un journal, ou une réunion publique, qu'Untel a assassiné sa belle-mère ou participé vaillamment à un génocide. Or Untel a été amnistié pour ces faits et vous n'aviez pas le droit d'en parler. Au tribunal, vous allez devoir invoquer l'excuse de vérité.

« N'empêche que c'est vrai, monsieur le Président (ou madame la Présidente) ! »

Mais si vous avez traité Untel d'imbécile en public, il y a des témoins (si c'était en privé, vous pouvez toujours nier), vous ne pouvez pas vous prévaloir de l'excuse de vérité. Et pourtant, c'est un imbécile, tout le monde le sait.

Dieu merci, à la différence de toutes sortes d'Imbéciles (y compris l'Imbécile Gai), l'Imbécile Heureux porte rarement plainte. Ça ne l'ennuie pas trop d'être un imbécile, dans la mesure où il est heureux.

Cela dit, la philologie, le droit et la psychologie n'expliquent pas tout, et cet exposé, pourtant résolument scientifique, ne nous aura même pas permis de comprendre pourquoi, alors que l'imbécillité prend deux « l », l'imbécile n'en prend qu'un.

Insoutenable légèreté des lettres.

IV

LE PHILANTHROPE

Le Philanthrope est typiquement humain. On n'en rencontre dans aucune autre espèce animale. (À l'exception du chien sauveteur ?) C'est ce qui en fait toute l'originalité.

Mais d'abord un mot de l'étymologie.

Si l'on s'en rapporte aux Grecs – qui demeurent les grands spécialistes de l'étymologie –, de même que le philatéliste est un amoureux des lettres affranchies, le Philanthrope est un amoureux des êtres humains qu'il voudrait affranchir.

Il faut se garder de confondre le Philanthrope avec le philosophe. Le philosophe n'est l'ami que de la philosophie (et surtout pas des autres philosophes).

Prenons au hasard un exemple de grand Philanthrope. Honoré Gabriel Riqueti, comte de Mirabeau.

L'un des précurseurs et des premiers animateurs de la Révolution, surnommé « l'Ami des hommes », le comte de Mirabeau, bien que noble, avait choisi de se faire élire comme représentant du tiers état.

C'était un orateur de première – qui savait trouver la formule qu'il fallait quand il fallait. Rappelez-vous : « Allez dire au roi que nous sommes ici par la volonté du peuple et que nous n'en sortirons que par la force des baïonnettes ! » Il vous sortait ça en situation, au cœur de l'action. Et pas le lendemain dans son journal, comme certains...

(Notons, à l'intention des nombreux philologues – ces amoureux des discours linguistiques – qui nous lisent, qu'à l'instar de la pelote la baïonnette est basque : elle est native de Bayonne où on la fabriqua longtemps avec un « i » grec.)

À la mort de Mirabeau, le peuple qui adore les formules l'enterra directement au Panthéon.

Mais quelque temps plus tard, à la suite de déplorables indiscrétions, on apprit qu'il avait monnayé son soutien à la famille royale dans le but de promouvoir une monarchie constitutionnelle : on le déterra aussitôt. Et on jeta ses restes à la voirie.

Or, le camarade Louis le seizième étant un homme, l'Ami des hommes se devait d'aimer aussi Louis le seizième. À cette époque, déjà, la foule manquait singulièrement de logique. Passons.

Dans la nature, on rencontre le Philanthrope isolé – c'est le tout-venant, le brave curé de campagne, l'instituteur laïc, gratuit, obligatoire et secrétaire de mairie, le bénévole du salon du livre local. Ou regroupé en associations – autrefois dénommées « sociétés philanthropiques » et aujourd'hui « organisations non gouvernementales ».

Le Philanthrope de base est souvent un jeune médecin ou infirmier (frais émoulu des écoles) qui part pour six mois en mission, mal rétribuée, dans un pays en voie de disparition. Il en rapporte des photos qui, encadrées, feront plus tard merveille dans sa salle d'attente.

Le Philanthrope par excellence, le sommet de la pyramide philanthropique, est le président de la République. Ce grand ami du genre humain a été porté au pouvoir suprême par la ferveur populaire. Il consacre tout son temps, toute son énergie et tout son argent de poche à soulager la misère de son prochain. Il ne sera malheureusement pas réélu, car la ferveur populaire est inconstante.

Il faut avouer que le Philanthrope est assommant. Il croit au Progrès.

Il veut à tout prix faire le bonheur de l'humanité. Ses chansons préférées sont : « Qu'est-ce qu'on attend pour être heureux ? » (Ray Ventura et ses Collégiens) et « Ah, ça ira, ça ira, ça ira ». C'est un optimiste dangereux. Il fait beaucoup plus de mal que de bien.

C'est qu'au fond, le Philanthrope méprise l'humanité. Il est persuadé qu'elle est trop bête pour savoir quoi faire pour être heureuse.

Il décide donc d'imposer à l'humanité sa propre idée du bonheur. Par la force, si nécessaire. Ensuite, ceux qui n'ont toujours pas l'air heureux sont envoyés à la guillotine, à la lapidation, à la potence, au poteau d'exécution.

Le Philanthrope du type bolchevique, maoïste, jacobin ou intégriste religieux est persuadé qu'en supprimant les malheureux il ne restera plus que des heureux. Il s'agit là d'un mauvais calcul : à la fin, il ne resterait plus personne. Car, ainsi que l'a chanté Gilles Vigneault (bien qu'il ne chantât pas toujours juste), « tout l'monde est malheureux ». Tout l'temps…

Par chance – au contraire du Philanthrope Incorruptible, dont l'intransigeance finit par le conduire lui-même à l'échafaud, rapport à la susdite ingratitude populaire – le Philanthrope est parfois corruptible. Il s'enrichit alors plus que de raison et finit par laisser l'humanité se débrouiller toute seule. On appelle ça la contre-révolution, le dégel, la perestroïka, la restauration, l'ultralibéralisme... Ça dure ce que ça dure et qui vivra verra.

On ne saurait en finir avec le Philanthrope sans évoquer son contraire, son opposé, son rédempteur : le Misanthrope.

Le Misanthrope est un philanthrope qui s'est soigné. Déçu mais lucide, il est préoccupé par l'humanité. Il se fait du souci pour l'homme. Il ne confond pas le pipole et l'individu. Se contentant de son propre malheur, voire de son désespoir dont il tire parfois (selon Alfred de Musset) de très beaux chants, lui au moins ne s'occupe pas du bonheur des autres. Il n'emmerde personne. Rousseau l'avait bien compris, qui écrivait à son copain d'Alembert : « Il n'y a pas un homme de bien qui ne soit misanthrope. »

Selon le dictionnaire, qui nous renvoie à l'ours, il est bourru, aime la solitude, évite la société...

Le Misanthrope est un brave type.

V

LE PARISIEN

On ne trouve de Parisien dans aucune autre espèce animale, sauf chez le chien. Aussi fait-il volontiers l'important : il se prend pour un être capital. Le Parisien est terriblement humain.

Le Parisien ne s'est pas toujours appelé Parisien. Longtemps, il vécut modestement en demi-pension à l'hôtel Lutetia, sur une petite île relativement tranquille. Au milieu de la Seine, qui ne s'appelait pas encore la Seine et dont les eaux, sans être tout à fait potables, étaient tout de même encore propices à la lessive à la main. Ce petit paradis excita vite les convoitises des tour-opérateurs de l'époque (César, Clovis, Rollon, Attila...) et attira les foules barbaresques, les Huns et les autres : Romains, Germains, Normands, Missionnaires divers... Et n'oublions pas les Auvergnats de Lutèce qui, sous le prétexte de vendre du charbon, établirent des débits de boissons à tous les coins de rue. Tout ce monde se mélangea frénétiquement (à part les Normands qui préférèrent rapidement le climat anglais, plus humide, au bon air lutétien, et l'eau chaude au saint-pourçain). Résumons : ainsi naquit, ou peu s'en faut, la première ébauche du Parisien.

Il est difficile d'observer le Parisien dans la nature. Il vit en appartement, dans des réserves appelées soit arrondissements, soit banlieues, soit zones, en fonction de leur éloignement de Notre-Dame de Paris. Le Parisien d'arrondissement – c'est-à-dire le Parisien-parisien ou Parisien étalon (l'original en plâtre est déposé à Saint-Sulpice) – ne s'évade que rarement de son ghetto, en fin de semaine, pour se rendre dans sa résidence secondaire, une fermette plutôt humide en rénovation depuis dix ou vingt ans.

Le Parisien étalon migre au mois d'août, en prenant place dans d'interminables caravanes qui serpentent, à pas de chameau, vers la Côte d'Azur ou la Costa Brava. Pendant ce temps-là, le Parisien d'outre-périphérique, lui, se rend à bicyclette à Paris-plage où le Maire lui prête un seau de sable et un petit râteau en plastique.

Le Parisien s'expose déraisonnablement au soleil. À son retour de migration, pendant quinze jours, le Parisien mâle passe pour un immigré de fraîche date. L'agent de police le tutoie et lui demande ses papiers.

(On reconnaît plus facilement la Parisienne à ses sandalettes tropéziennes et à la marque de ses lunettes de soleil.)

Quel que soit son mode de locomotion, le Parisien est volontiers désagréable. Il est persuadé qu'il est le seul vrai Parisien et s'étonne qu'il y ait tant de monde autour de lui. Cela le met de fort mauvaise humeur et il n'hésite pas à le faire savoir.

Le professeur à la Sorbonne, le directeur de la communication ou l'animateur d'une émission de télévision culturelle (tardive), dès qu'ils se retrouvent dans la rue, ne s'expriment plus qu'avec un vocabulaire extrêmement réduit. « Chauffard ! Pétasse ! Bobo ! Assassin ! Putain de ta race ! Va mourir ! Plouc ! » En cas de nécessité, ils ont recours à l'injure suprême : « Provincial ! »

Le cycliste fait la course avec le rolleur sur les trottoirs pour être le premier à renverser le piéton. Le piéton, pour leur échapper, traverse au rouge et renverse par mégarde une motocyclette, une voiture ou un autobus. Le Maire de Paris s'arrache ce qu'il lui reste de cheveux et crée de nouveaux couloirs sur les trottoirs.

On dénombre deux espèces principales de Parisiens-parisiens. Le Parisien Rive Gauche et le

Parisien Rive Droite. Jamais un Parisien Rive Gauche de naissance n'acceptera d'habiter sur la rive droite, ou alors, à l'extrême rigueur, à titre posthume, au cimetière du Père-Lachaise. Avec Héloïse, Abélard et Jim Morrison.

L'habitant de l'île Saint-Louis est une sous-espèce protégée, inscrite au patrimoine culturel mondial. On accède difficilement à la réserve du Ludovicien par quelques ponts d'un âge vénérable et qu'il est question de faire sauter pour lui éviter tout contact avec la pernicieuse civilisation.

Le Parisien est généralement très mal vu en province, sauf dans le Périgord où il passe inaperçu parmi les Anglais. Partout ailleurs, il est accueilli au cri de « Parisien, tête de chien, Parigot, tête de veau ! ». Ce n'est pas qu'il soit plus méchant ou plus bête qu'un autre. Seulement, il a pris la grosse tête. « Il n'est bon bec que de Paris », *Fluctuat nec mergitur* et toutes ces sortes de choses. Il fait la mode. Il n'y a que lui qui soit au parfum. C'est lui qui dit la messe.

Si encore il n'avait pas de chien ! Hélas… On compte sur les trottoirs de la capitale à peu près un chien par Parisien. C'est le fameux Parichien. Le Parisien et le Parichien se promènent ensemble matin et soir. L'un d'eux est en laisse. C'est celui qui est censé « faire » où on lui dit de faire. L'autre est censé ramasser. Sous peine de contravention. Mais, comme il faut satisfaire à la statistique, compte tenu du fait que certains Parisiens n'ont pas de chien, d'autres sont obligés d'en avoir deux… Et puis le Parichien est un animal génétiquement modifié, quasiment un chouchou de laboratoire. Il n'a pas forcément une bonne mentalité. Il profite de la distraction du Parisien – qui tente de découvrir quel chef d'État, quel ministre ou sous-ministre est voituré à travers la ville à grands frais de sirènes, de gyrophares et de coups de sifflet – pour faire son dépôt de bilan alimentaire au milieu du trottoir.

Vous qui entrez dans Paris, provinciaux, étrangers, *lasciate ogni speranza*, abandonnez toute espérance de pouvoir traverser la ville sans marcher au moins une fois dans la merde.

Dans Paris, vous aborderez souvent – sans le savoir – de faux Parisiens, des semi-Parisiens (nés à la campagne), des cousins de province. Je conseille, pour les reconnaître facilement, de leur demander systématiquement : « Excusez-moi, pourriez-vous m'indiquer la rue Lepic ? » C'est infaillible.

Certains faux Parisiens circulent en groupes, en s'exclamant dans des idiomes exotiques. Ce sont des Touristes (se reporter à un chapitre précédent). Par bonheur, la plupart d'entre eux finissent par repartir.

Certains Américains restent. C'est une tradition depuis Hemingway. Ils s'installent aux terrasses des bistrots et affectent d'écrire des nouvelles. Au bout de quelques mois, ils sont déjà beaucoup moins américains. Certains sont tout à fait charmants. On les reconnaît facilement à ce qu'ils ont l'air d'être, en permanence, ravis de se trouver à Paris – au contraire de la plupart des Parisiens. Dans mon guide des Américains à Paris, je recommande spécialement Randall (Ran) et sa délicieuse épouse Pamela (Pam) visibles plusieurs soirs par semaine à la terrasse du Dindon en Laisse.

En matière de Parisien, comme en toutes choses, il convient de se méfier des imitations.

Trop de Touristes sont abusés par de prétendus autochtones qui leur vendent de fausses tours Eiffel et des « parisiens » (sandwichs jambon-beurre) sans beurre.

Le chic type parisien se fait rare. Exigez au moins le vrai Chic Parisien.

VI

LE PROVINCIAL

Le Provincial est très humain. Trop humain, peut-être. Ce mammifère bipède, de la famille des hominidés, est des plus anciens : on en parlait déjà du temps de Jules César. Seul son chien est aussi provincial que lui.

Simple territoire pour les Romains, la province fut promue *Provincia romana* pendant la guerre des Gaules. On dit la guerre *des* Gaules, car il y en avait plusieurs à cette époque. Les Belges étaient gaulois (le généralissime prétend même dans ses mémoires qu'ils étaient les plus redoutables, et ça n'a pas l'air d'une blague : *Belgae fortissimi sunt*). Puis le terme désigna les régions placées sous la tutelle d'un évêque. Lyon (*Lugdunum*) étant alors officiellement capitale des Gaules, il est à noter que Paris (*Lutetia*) se trouvait en province.

En partant, les Romains laissèrent de beaux restes, des théâtres, des aqueducs, des ponts et chaussées... Tout un tas de ruines touristiques, comme autant de chantiers jamais achevés – l'art paradoxal de la restauration consistant essentiellement à conserver les ruines en bon état.

Et n'oublions pas la Provence, qui est une province très particulière.

Le Provençal est un provincial à part. Qui parla longtemps le bas latin, avant de s'exprimer en langues d'oc sur un ton chantant. Lorsque la France finit par devenir ce qu'elle est, c'est-à-dire la France, ainsi que l'assurait un autre général, on prit l'habitude d'appeler ces divers occitans « patois ». Et l'Occitanie ayant été finalement plus ou moins engloutie à la manière de l'Atlantide, les limites de son territoire firent l'objet d'interminables querelles savantes, voire d'enragées polémiques.

La province est une réalité très complexe. On peut parfaitement « sentir son provincial », ou « faire un peu province » sans pour autant appartenir réellement à une province. N'est pas breton, basque, corse, dauphinois, auvergnat ou ch'timi qui veut. (Pour des raisons de sécurité, nous ne pourrons traiter aucun des trois premiers exemples cités.)

À défaut de lettres de noblesse, il convient d'avoir au moins quelques lettres de roture.

« Son grand-père n'est pas né au pays », apprend-on au Café des Boulistes.

Autant dire qu'il s'agit d'un Étranger.
L'Étranger est un apprenti provincial.

Prenons le cas de mon ami Anatole Berthaud.

Anatole est ardéchois de naissance. Ses aïeux (six générations répertoriées) sont nés au pays. Seulement voilà : c'était dans « l'Ardèche au beurre ». Ceux de « l'Ardèche à l'huile » – le sud du quarante-cinquième parallèle, les gorges si touristiques, les Cévennes si pittoresques – lui contestent le statut. Il n'y aurait d'Ardèche qu'à l'huile d'olive. D'éminents spécialistes régionaux ont tracé la frontière nord de l'Occitanie : elle passe juste au-dessous de chez les grands-parents d'Anatole ! Ses aïeux, sur leur montagne à vaches, entre les châtaigneraies et les genêts (d'or, les genêts), au pied du mont Gerbier-de-Jonc (où la Loire si timide prend sa source en trois endroits différents pour tenter d'égarer le géographe), ses aïeux ne parlaient donc pas occitan. Ils parlaient patois.

D'autant plus patois que les spécialistes régionaux de la langue d'oïl affirmant que la limite sud de leur langue passait juste au-dessus de chez les grands-parents, les aïeux d'Anatole se trouvaient dans une espèce de no man's langue.

De telles discriminations sont fréquentes dans les provinces.

Par définition, les provinces sont éloignées. Aussi, pour se faire entendre, doivent-elles *députer*.

La députation consiste à battre la campagne, offrir des tournées électorales et faire envoyer des gens convenables à l'Assemblée nationale (en majorité républicaine, bien qu'elle occupe le palais de la malheureuse famille Bourbon).

Les sièges du palais Bourbon, sans être à proprement parler vacants, sont souvent inoccupés, car la vie parisienne offre beaucoup trop d'occasions de se distraire. Quand ils sont trop vieux pour l'Assemblée nationale, les députés deviennent sénateurs pour pouvoir continuer à mener bon train.

Le Provincial demeuré en province est mi-dupe mi-raisin. Il vendange. Il moissonne. Il récolte. Ça ne paye plus. Alors il tente régulièrement de mettre le feu à la préfecture. Ou aux grandes surfaces. Il s'adapte à la modernité.

Le Provincial a cessé de peupler ses cimetières de bustes de notaires méritants. Il boude les comices agricoles. Le sous-préfet lui-même ne va plus aux champs.

La « Maison Tellier », comme toute maison close, ayant été fermée – sans aucun souci du pléonasme –, il privilégie les coucheries entre amis. Il sort couvert, en dépit des objurgations pontificales. Somme toute, il pourrait presque passer pour parisien.

À peine reste-t-il quelques exemplaires du jeune poète provincial qui monte à Paris et, rapidement, après avoir parfait son *éducation sentimentale*, y pleure ses *illusions perdues*.

Naturellement, à peu près une fois sur deux, le Provincial est une Provinciale.

Jadis, la Provinciale était légèrement désuète. Blaise Pascal lui écrivait des lettres. Elle avait des vapeurs. La lecture de « Madame Bovary » lui donnait des frissons.

Aujourd'hui – qu'elle soit fermière, dite « auxiliaire d'exploitation » ou citadine –, elle feuillette sans frémir des journaux de mode. Elle s'habille aussi mal que la Parisienne.

Elle a son yoga une fois par semaine.

Il est d'usage pour le Provincial et la Provinciale de *monter* à Paris, alors que la capitale se trouve le plus souvent à une altitude très inférieure à la plupart des régions. Mais le couple *descend* dans un hôtel bon marché dont le concierge lui procure des places pour une pièce de « boulevard ». Le Provincial se méfie, peut-être à juste titre, des théâtres subventionnés et des relectures postmodernes.

Que restera-t-il de tout ça ?

Le Provincial lui-même est appelé à disparaître. (Il est d'ailleurs question qu'il soit de moins en moins subventionné.)

La mondialisation marche à reculons. Les tentatives de construction de l'Europe, affaiblissant les nations, semblent avoir fortifié les régions. La suppression des départements nous ramènera sans doute aux querelles de clochers.

On n'arrête pas le progrès, comme on dit encore parfois. En province.

VII

L'AGÉLASTE

L'Agélaste est malheureusement très humain. Mais on devrait pouvoir trouver des agélastes dans d'autres espèces animales, au moins chez le chien méchant (*Canis lupus pitbull*).

Nous ignorons tant de choses. Aux dernières nouvelles, le rat de laboratoire rigolerait quand on le chatouille. On sait qu'il existe une mouette « rieuse ». Et il n'est pas impossible que la biche se marre discrètement au fond des bois, pendant que cette andouille de cerf brame au clair de lune en se donnant de grands airs... Rire n'est peut-être pas le propre de l'homme. L'Agélaste prétend qu'il n'y a pas de quoi rire.

Résumons : l'Agélaste, c'est l'individu qui ne craint pas la chatouille, qui a le sens de sa dignité chevillé à l'âme, qui a horreur de la vulgarité, bref, celui qui ne rit jamais.

Le grand Rabelais tira le mot, au début des années quinze-cent-cinquante, du grec *agelastos*

– qui signifia d'abord « sans brillance », puis « privé de rire ».

Il existe naturellement plusieurs catégories d'Agélastes. Car, autant que de façons de rire, il y aurait manière et manière de ne rire point.

Nous avons tous eu quelques Agélastes comme professeur de gymnastique, surveillant général, confesseur, épicier, boulangère, médecin allopathe, médecin homéopathe, voisin du dessus et voisin du dessous… Assez souvent, le brigadier de gendarmerie s'applique à faire mentir la célèbre comptine : « Quand un gendarme rit, dans la gendarmerie… »

On en croise à la Sorbonne. Dans les ministères. Aux assurances. On en trouverait même, paraît-il, dans certains cirques.

Il y a des Agélastes athées et des Agélastes de toute confession, des terroristes et des grands inquisiteurs. Il est fortement recommandé d'éviter de rire au nez de ces sortes de gens.

Mao Tsé-toung – rare spécimen de poète agélaste – pensa un jour devoir encourager les jeunes Chinois à débarrasser, au lance-pierres, la Chine de tous ses oiseaux passereaux. Ces vilains moineaux contre-révolutionnaires se rendaient en effet quotidiennement coupables de vols de grains de riz, nuisant gravement aux statistiques de production. Pendant des années, on ne pépia plus dans les rizières chinoises.

L'Agélaste taliban pense devoir supprimer le rire, le cinéma, la musique, l'éducation des filles et le visage des femmes.

Redoutant, à juste titre, le parti des rieurs, l'Agélaste revendique rarement son statut. C'est pourtant le cas d'un ancien nouveau philosophe qui passe son temps à expliquer le monde aux autres et qui est cru sur parole, semble-t-il, par nombre d'indécis, d'inquiets, d'irrésolus qui ne savent pas quoi penser des choses. Un journaliste facétieux lui demanda un jour : « Et vous, monsieur le Philosophe, Laurel et Hardy, ça vous fait rire ? » L'Agélaste répondit – sans rire – : « Je ne ris jamais. »

Je pris tout d'abord cette affirmation pour une boutade, une provocation, une poussée subite d'humour noir, pourquoi pas ? Mais non. Au fil des années qui suivirent, je pus le constater – ce qui me plongea dans un profond désarroi, me fit même douter un temps de la nature humaine et davantage encore, si c'est possible, de l'agrégation de philosophie – : effectivement, ce garçon ne riait jamais.

On reconnaît facilement l'Agélaste dans la nature à ce qu'il a les joues creuses. Le zygomatique flasque. La pupille en berne. Ne pas confondre avec l'ascète, le psychanalyste désenchanté et le déprimé chronique. Attention à la confusion, toujours possible, du Notable Vaniteux (inoffensif) avec l'Agélaste Bouffi d'orgueil (mortel). Prendre conseil, au besoin, dans une bonne pharmacie.

En général, les professions à casquette ou à képi, adjudant, contrôleur, chauffeur de maître, mercenaire, portent peu à la rigolade – bien qu'elles puissent prêter à rire de temps en temps.

Le croque-mort, lui, est agélaste par conscience professionnelle. Dans le privé, il ne lui est pas interdit de se comporter en joyeux vivant. Seul le cheval de corbillard peut se montrer amusé en public (si l'on en croit l'ami Julos Beaucarne) :

« Cher cheval de corbillard
T'as l'mor(s/t) aux dents et au cul
Ça n't'empêche pas d'être hilare
De m'dire tu… »

Il est des agélastes relatifs, des agélastes d'occasion. Des agélastes accidentels, à la suite d'un choc émotionnel intense ou d'une chute brutale des cours de la Bourse.

En certaines circonstances le sous-Agélaste rit, mais seulement jaune.

Cependant, il conviendrait de ne pas désespérer d'une humanité qui a déjà tellement évolué au cours des derniers millions d'années. L'Agélaste le plus rigide peut se mettre brutalement à rire un beau matin, sans qu'on sache bien pourquoi. Le pire, s'il est probable, n'est pas toujours sûr.

Ainsi a-t-on pu voir des banquiers manifester un réel sens de l'ironie, si ce n'est de l'humour. La preuve, c'est que le mien m'offrit un jour un parapluie Société Générale alors que je me trouvais à découvert.

Fait remarquable, l'Agélaste inconditionnel, qui ne rit jamais, ne pleure jamais non plus. Il redouterait qu'on le croie en train de rire aux larmes. En réalité, il se pourrait qu'il n'y ait pas davantage de rires sans larmes que de matière sans antimatière.

Et dépêchons-nous d'en rire, de peur... et cetera.

Enfin, il nous a paru convenable de choisir, pour ce chapitre on ne peut plus sérieux, une chute amusante. Craignant de ne pouvoir y parvenir par nous-même, nous avons emprunté celle-ci à notre confrère Joseph Folliet (1907-1972) : « Heureux celui qui a appris à rire de lui-même : il n'a pas fini de s'amuser. »

VIII

LE CONJOINT

Le Conjoint et la Conjointe ne sont pas exclusivement humains. Il s'en trouve dans plusieurs espèces animales. On en voit couramment chez le loup et le pigeon, par exemple. Et force est de constater que le Conjoint tient à la fois du loup et du pigeon.

Le Conjoint vit en couple, il aime se joindre, s'unir, se conjuguer (latin *conjugare*). Avec, précisément, un autre Conjoint. Il s'y trouve prédisposé par des conjonctions astrales, à moins que ce ne soit par la peur de la solitude, ou par quelques avantages fiscaux. Le sentiment – amoureux, en particulier – se mêle parfois à ces diverses motivations, ce qui ne fait que compliquer les choses.

Les Conjoints se lient par contrat et forment un ménage. Ils deviennent ainsi copains, car ils partagent le pain. Ils mangent d'abord leur pain blanc. Et, quelque temps plus tard, un pain plus indigeste que Jules Renard appelle justement le « Pain de ménage ».

Le ménage se forme, se consomme, mais il faut aussi le faire. À cause des miettes. Et de la poussière. Les choses, ainsi que l'*Homo sapiens sapiens* lui-même, seraient nées de la poussière et retourneraient à la poussière. C'est dire que la poussière est partout, de toute éternité. Le plumeau ne faisait que la soulever, le balai permettait de la glisser sous les tapis. Les tapis ayant été remplacés par la moquette (collée), il devint nécessaire d'inventer l'aspirateur. On aspire donc la poussière sans ménagement. Le lendemain, elle est de retour, elle s'infiltre, se redépose, s'insinue, s'agglutine en « moutons ». Il faut refaire le ménage.

Il y a toujours un Conjoint qui fait le ménage plus souvent que l'autre. C'est l'une des principales causes des querelles de ménage. Avec la couette.

L'un des conjoints prend l'habitude de tirer la couette à lui. D'abord doucement, puis de plus en plus violemment au cours de la nuit. Il la tire, la tirebouchonne, finit par s'enrouler dedans. L'autre a froid, il se réveille, tire à son tour sur la couette pour la dérouler. *Ad libitum.*

Chez les Allemands, où la couette est individuelle, c'est à peine différent. Prenons deux exemples de conjoints allemands : S et U. (La plupart de mes confrères prennent invariablement pour exemple A et B, en délaissant tout le reste de l'alphabet. Un peu de fantaisie !) Au moment du coucher, S, qui vient de se déshabiller, frissonne. Il se glisse sous sa couette, bien au chaud. Rapidement, il étouffe (la couette allemande est généralement d'excellente qualité) : il repousse sa couette. Mais la fraîcheur se fait bientôt sentir à nouveau (la nuit allemande est généralement fraîche). S, ne trouvant plus sa couette, tire à lui celle de U. Ce dernier, réveillé par le froid, tente de récupérer sa couette et s'approprie en même temps celle de S. *Ad libitum.*

Il est à noter que le Conjoint, c'est toujours l'autre. C'est d'abord un alter ego, voire une âme sœur. Puis ça devient une moitié, un mec, une meuf. Un gouvernement.

« Ah, il faut que j'en parle à mon gouvernement », entend-on au Café des Boulistes.

Au début tout va bien. Il a de belles fesses, elle a de beaux yeux. C'est avant l'avènement du Ménage. On met tout dans le pot commun de la vie quotidienne. Elle adore les films de Bergman, lui c'est plutôt « La Grande Vadrouille » et le Paris-Saint-Germain. Qu'à cela ne tienne. Il l'entraîne au parc des Princes. Elle l'emmène en banlieue assister à une relecture postmoderne de « Richard III ». De toute façon, on est toujours mal assis.

Elle est émue de ce qu'il utilise sa brosse à dents à elle. Il trouve délicieusement érotique qu'elle lui emprunte ses chemises.

Au bout d'un certain temps – que nous ne tenterons pas d'évaluer en raison du nombre et de la diversité des paramètres impliqués –, les mêmes choses se mettent à ne plus produire les mêmes effets. C'est justement la chemise qu'il avait choisi de porter. Il est hors de question qu'elle assiste au match Olympique de Marseille/ Valenciennes. Et puis, d'abord, elle presse le tube de dentifrice par le haut et ne le rebouche jamais. (Le tube de dentifrice, c'est le mythe de Sisyphe à la portée du couple moyen.) Il laisse des poils de barbe sur le bord du lavabo. Elle a troqué la nuisette contre le pyjama en pilou. Il se promène en caleçon et en chaussettes.

« *Ton* fils a encore ramené un bulletin scolaire déplorable ! »

« Quoi ? Tu as prêté *mon* "Loup des steppes" ! » (Au choix : mes « Rougon-Macquart », ma « Chartreuse de Parme », mon « Soulier de satin »...)

« Tu as encore fait une rayure sur la portière de la BMW... » (Au choix : Jaguar, Land Rover, 2 CV, 4 L...)

L'observation du ménage dans la Nature – dont on a coutume de dire qu'elle est bien faite, mais aussi qu'on y trouve de tout – nous révèle que les possibilités d'union sont quasiment infinies. Conjoint-conjoint ; conjointe-conjointe ; conjoint-conjointe-conjoint ; conjointe-conjoint-conjointe ; conjoint-conjoint-conjoint... À la colle, à l'église, à la synagogue, au temple, à la mairie, ou dans la plus stricte intimité.

Tous ces plaisirs d'union, nous apprend la chanson, ne durent malheureusement qu'un moment. La colle ne tient pas. Ça disjoncte. La mégère se désapprivoise. La bête, au cœur du machiste, rugit à nouveau. On croyait ne faire qu'un, on se retrouve à plusieurs. Disjoints.

On songe au divorce. Puis on le réclame. On négocie. Et on finit par l'obtenir, car si l'un des deux conjoints a accumulé contre l'autre des tas de griefs, il est rare que l'autre n'en ait pas autant à son service.

Seulement, le Conjoint a horreur du vide. À peine désuni, il pense à s'unir à nouveau, à recomposer une famille. Il n'a rien appris. Si l'on ne faisait pas aveuglément confiance aux dictionnaires étymologiques, on pourrait penser que le Conjoint n'est jamais qu'un con uni...

Spécialement le Conjoint de sexe masculin, semble-t-il. Il a le vin mauvais (au choix : pastis, whisky, rhum, guignolet kirsch...). Il n'est pas content de lui, alors il tape sur sa femme. Quand ce n'est pas le vin, c'est sa religion qui l'autorise à battre son épouse sans avoir à trouver un motif.

Et l'Amour dans tout ça ? me direz-vous.

Ah, l'Amour… L'angelot joufflu qui bat des ailes et s'empêtre dans son attirail, son arc et son carquois, et qui tire sur tout le monde, à la façon de l'archer anglais à la bataille de Crécy ?

Un sale type !

IX

LE COMMERÇANT

Le Commerçant est plus ou moins commerçant. On dit des uns qu'ils sont très commerçants et d'autres qu'ils ne le sont pas assez. Le berger allemand de garde derrière le comptoir de mon café habituel n'a pas l'air de bien comprendre. Et pourtant il s'appelle Socrate !

Le Commerçant est donc typiquement humain.

À l'origine du commerce, il y a le troc. L'échange. Je te donne un silex taillé, tu me donnes ta corne d'auroch. Ou bien tu me refiles ta racine de manioc contre mes topinambours (c'était bien avant que Parmentier n'inventât la pomme de terre). Le premier Commerçant fut celui qui, sous prétexte qu'on aurait du mal à trouver ailleurs une corne d'auroch aussi belle que la sienne, *négocia* deux ou trois silex. C'est alors que le premier Client proféra le premier juron : corne d'auroch !

Le bénéfice fut longtemps une idée neuve sur la planète. La disparition de Neandertal, qui ne tenait pas de livre de comptes, ne s'explique pas autrement.

Deux, trois, quatre silex... ce fut bientôt l'inflation. (Et l'encombrement : le tiroir-caisse n'existait pas encore.) Le Commerçant eut alors l'idée de la monnaie d'échange, moins volumineuse – plaques de thé en Chine, coquillages et dents de requin au bord de la mer, griffes d'ours en milieu forestier, assignats dans les périodes troublées... Après quoi il mit au point la balance, pas toujours juste, et la science économique qui est à peu près aussi exacte que la prévision météorologique à trois mois.

Le Commerçant s'ennuie le dimanche. C'est pourquoi il réclame d'ouvrir son magasin ce jour-là. La vision des foules religieuses s'égaillant sur les parvis des églises – tandis que des cloches plusieurs fois centenaires sonnent à toute volée de joyeux carillons –, se précipitant dans les pâtisseries, les fromageries, les charcuteries, ou s'engouffrant dans les rayons des grandes surfaces, lui donne le bourdon...

Le Commerçant ferme le lundi. Les fidèles ont tout dépensé pendant le week-end. Le Commerçant et la Commerçante baissent le rideau de fer et vont se reposer, pendant que les autres retournent au collège, à l'usine, au bureau, à l'Agence nationale pour l'emploi. En province, le lundi est particulièrement morose – à l'instar du légendaire dimanche londonien.

On a recensé toutes sortes de commerçants qui font dans le maritime, l'intérieur, l'extérieur, le luxe, le gros ou le demi-gros, le détail, le clandestin.

Il est possible de faire commerce de son corps. Et même de faire commerce du corps des autres. C'est ainsi que se récolte l'oseille à maquereaux.

Pendant des siècles, des négociants de toute race et de toute couleur firent commerce de la personne humaine. Et encore aujourd'hui, car il est très exagéré de prétendre que l'esclavage a été aboli.

Passons rapidement sur la foule innombrable de ceux qui n'ont rien à vendre et qui se vendent très bien quand même – également répartis pratiquement dans toutes les professions. On en voit couramment à la télévision ou dans les meetings électoraux.

Le Commerçant spécule. Sans scrupule. Il n'est pas le seul. Le philosophe lui-même spécule et parfois se perd en spéculations. Les gens spéculent sur n'importe quoi. On en a vu, aux Pays-Bas, faire fortune en spéculant sur la tulipe. En cas de crise, le philosophe et l'économiste perdent leur latin, le Commerçant son pécule et le quidam son pouvoir d'achat, ce qui n'arrange personne.

Le marquis de Vauvenargues, qui faisait commerce de réflexions et de maximes, soutenait que le commerce était « l'école de la tromperie ». Molière, évoquant « les petits commerces », s'en prend à diverses manœuvres et manigances. Proust, lui, qui ne faisait que rarement ses courses lui-même, est surtout sensible au « commerce de l'intelligence ».

Il existerait un commerce « équitable ». L'idée ouvre à son tour la voie à la spéculation. S'agit-il d'un commerce où tout le monde gagne, où personne ne gagne, où tout le monde perd ?

L'imagination du Commerçant est sans fond. À la veille des soldes, pendant lesquels il affichera un généreux « moins cinquante pour cent », il relève sensiblement ses prix. Par ailleurs, il est passé maître dans l'art d'emballer, dans le procédé du double fond. Et qui chantera la sublime invention, le premier prix du concours Lépine de la poésie marchande, le gâteau sur la cerise : le fameux « dix pour cent gratuits » ?

Il y a de la métaphysique dans le commerce. Dans le genre polémique sur la primauté de l'œuf ou de la poule. Vend-on du vent parce qu'on en demande, ou en demande-t-on parce qu'on en vend ?

Le Commerçant est parfois un véritable artiste qui vous initie à de nouvelles friandises ou à de révolutionnaires ustensiles. Sa trogne sympathique et son bagout (l'art oratoire au service du marché) sont tels que vous repartez avec un produit dont vous n'aurez jamais l'usage, mais contents.

N'omettons pas de célébrer le Bon Boucher, le Petit Marchand de Vin Exceptionnel et le Meilleur Fromager de Paris, ces personnages mythiques régulièrement évoqués dans les dîners en ville. Et rendons justice à la Commerçante, qui veille au grain dans l'arrière-boutique ou joue les hôtesses d'accueil en première ligne. Et tient la caisse et son mari à l'œil – tout spécialement lorsque la cliente est jeune et jolie. Qu'il n'aille pas lui sous-facturer l'entrecôte...

Enfin, certaines tâches commerciales ne manquent pas de grandeur. Le Voyageur de commerce a découvert l'Amérique. Encore tout récemment, on trouvait de tout à la bonne Samaritaine.

Et, Dieu merci, il nous reste le commerce charnel, amical, culturel, spirituel. Et le Café du Commerce, des Boulistes, ou de l'Univers. L'auberge de Thélème. Bref, l'échange, le partage, les contacts humains. On vend de tout. Jusqu'à des recueils de poèmes, des compilations des « rois du rire », voire (un comble) des manuels d'économie consacrés à l'épargne…

Mais ne vendons pas notre âme – ou ce qui en tient lieu.

Et surtout pas au Diable. Il paraît qu'il paye à quatre-vingt-dix jours.

X

LE PSYCHORIGIDE

Le Psychorigide est un *Homo sapiens sapiens* qui aurait oublié qu'on ne sait jamais. Jamais assez en tout cas. Et qui éprouverait des difficultés à s'adapter. Donc à évoluer. Au grand désespoir des disciples de Lamarck et de Darwin et au détriment des progrès de la psychologie.

Le chien du Psychorigide est également psychorigide, par le phénomène de l'osmose.

La psychologie, qui désigna longtemps la connaissance de l'âme humaine, avant de devenir la science ô combien exacte que nous pratiquons aujourd'hui, était aussi appelée pneumatologie car le *pneuma* grec désignait le souffle divin, c'est-à-dire l'esprit. Parallèlement, le *pneuma* a donné le poumon (voir pneumologie, pneumonie, et cetera) et le pneumatique.

Comme son nom l'indique, le Psychorigide a l'âme calcifiée, ou, au choix, le mental bronchiteux, la pneumonie ontologique, bref : le pneu à plat. Il manque d'air. Ce qui ne l'empêche pas d'être gonflant.

Mais il n'est pas facile à repérer dans la nature, car il ne se tient pas forcément droit comme un « i » ; il peut être courbé, voûté, bossu. S'il fallait qu'en termes pascaliens et lafontainiens ces choses-là soient dites, nous dirions qu'il s'agit d'un roseau pensant, mais pensant toujours la même chose, et cassant plutôt que penchant.

C'est peu dire que le Psychorigide manque de souplesse. L'obstination lui sert de canne et de baguette de démonstration. Il n'a que deux principes, bien connus : « un, méfiance ; deux, méfiance ». Il va même jusqu'à se méfier de la méfiance – la vôtre, s'entend.

Méfiez-vous du Psychorigide.

Il n'est pas forcément dictateur, chef de rayon ou adjudant-chef. On voit des femmes de ménage rendre leur tablier parce que leur patronne n'a pas acheté les lingettes antipoussière antiredéposition de leur marque préférée.

Méfiez-vous du Psychorigide.

On le trouve à certains guichets.

Le Psychorigide de guichet se reconnaît aisément à ce qu'il vous répond sans même vous regarder, généralement pour vous dire d'aller vous faire voir à un autre guichet où, par malheur – il y a des journées comme ça –, ce ne sera pas non plus le bon guichet.

Dans les queues devant les salles de cinéma, il est assommant de certitude cinéphilique.

Au comptoir des bistrots, il vous assène des maximes antédiluviennes. Dans les salons des hôtels de luxe aussi, il vous assène des maximes antédiluviennes, bien qu'il soit mieux habillé.

Méfiez-vous des Psychorigides. Ils sont partout.

Le Psychorigide ordinaire se révèle dans certains sujets de conversation. Mais on ne discute pas avec le Psychorigide, ça ne sert à rien. Il ne souffre pas la contradiction. On ne le fera pas changer d'idée. Il a mordu et il n'en démordra pas.

Avant que l'on comprenne le phénomène des aurores boréales, le Psychorigide mystique prétendait qu'il s'agissait des ailes de l'archange Gabriel, son alter ego rationaliste assurait que la cause en était le reflet des bancs de poissons sous la lune.

Au fond, le Psychorigide a peur. Qu'on lui détruise la forteresse de carton-pâte qu'il a dû se fabriquer tout seul, avec ses petites mains ou ses petits neurones. Parce qu'il a eu une enfance malheureuse – ou trop gâtée, c'est pareil. C'est un bonhomme de neige, le moindre réchauffement lui serait fatal. Ou alors il est en sucre, le torrent des grandes interrogations ne tarderait pas à le dissoudre.

Il craint la nouveauté. L'imprévu lui donne des boutons, la fantaisie des aigreurs. Il est tragiquement prévisible.

Évidemment, le Psychorigide que nous venons de décrire, sinon de disséquer, est le Psychorigide Parfait. C'est un prototype idéal du sale type. Un être virtuel d'utilité pédagogique. On sait que, par bonheur, la perfection n'existe pas dans la nature. Et que l'homme ayant la prétention de la créer se perd dans les sables mouvants de l'utopie et se damne, en entraînant avec lui « l'ignorante et sotte multitude » dont parlait déjà Rabelais.

Répugnant à dénoncer les Psychorigides découverts dans ma famille, je n'évoquerai pas non plus les éléments psychorigides potentiels de mon propre caractère, préférant abandonner cela à la « psychocritique » universitaire, si habile à expliquer les œuvres par l'étude de l'inconscient des auteurs. De cet inconscient, par sa nature même, l'auteur n'est pas conscient. Il se dissimule sous les mots, au milieu des phrases, et parfois même derrière certaines virgules.

Cependant, il conviendrait de fonder une espèce de psychocritico-critique afin de pouvoir évaluer l'inconscient du Psychocritique universitaire lui-même, voire sa toujours possible tendance à la psychorigidité... On n'en finirait plus.

Sans compter qu'il ne s'agirait pas de devenir trop coulant. Méfions-nous du laisser-aller. « La tolérance, comme disait ce bon Paul Claudel, il y a des maisons pour ça. » (Encore faudrait-il les rouvrir.) Il y a bien d'autres fléaux que la psychorigidité. Tenez : prenons l'opposé du Psychorigide, son ennemi juré, son complément peut-être, le Psychosouple. Celui-là vous file entre les doigts, se glisse entre les mailles de la plus austère logique, change plus souvent d'idée que de chemise et se retrouve chaque fois, comme par miracle, du côté du manche.

Et nous n'évoquerons que pour mémoire l'apogée du Psychosouple, son aboutissement et sa dégénérescence à la fois : le Psychomou.

Le mot seul vous fait frissonner.

Méfiance, méfiance.

Méfiance.

XI

LE JEUNE

Longtemps, il n'y eut que des jeunes dans le monde. L'*Homo sapiens sapiens* avait l'habitude de mourir en bas âge. Il manquait d'expérience. D'espérance aussi, peut-être. Il se nourrissait n'importe comment.

Il n'avait pas encore apprivoisé le chien, qui ressemblait étrangement au loup.

Si l'on en croit les gravures de l'époque, il était plutôt mal habillé, mal rasé, et on devine qu'il courait vite en poussant des cris gutturaux qui devaient déplaire aux bisons et aux mammouths. Il dansait comme un sabot (dont il manquait cruellement par ailleurs). Et seulement la bourrée auvergnate. Cela n'avait pas trop d'importance, parce qu'il n'y avait pas de boîtes de nuit, ni même de bals populaires. Le Jeune se couchait avec les poules – qui avaient encore des airs d'archéoptéryx.

Mais déjà il avait son petit caractère.

Il savait parfaitement dire non (qu'il prononçait nan). Et demander « pourquoi ? », ce qui était alors une question absolument nouvelle, à laquelle personne n'a jamais su répondre. Ou que des bêtises.

Quelquefois, pourtant, il sortait tard le soir, dans la jungle ou dans la savane, on ne savait trop ce qu'il fabriquait avec ses copains de caverne et il rentrait à point d'heure, mais ses parents n'osaient rien dire car ils étaient à peine moins jeunes que lui et l'heure n'avait pas encore été inventée.

En fait, le Jeune de l'époque était destiné à devenir vieux avant l'âge. C'est dire qu'il ne pouvait guère profiter de sa jeunesse, de sa vieillesse pas davantage. C'était un être émergent, un individu en voie de développement. Petit à petit l'oiseau fait son nid, nous assure le proverbe belge. Et de toute façon, comme l'a si bien chanté Jean Ferrat : « On ne voit pas le temps passer. »

Les progrès de la médecine chamanique et de la gastronomie (le cru et le cuit), le perfectionnement des armes et le goût de la compétition incitèrent l'*Homo sapiens sapiens* à s'attarder plus longtemps sur la planète.

Cela ne se fit pas en un jour. Les accidents de chasse, l'augmentation de la délinquance sexuelle en période de pleine lune, les guerres tribales et la pratique courante de ce qu'on appellera plus tard chez les Romains « l'enlèvement des Sabines » contribuèrent à retarder l'événement. L'archéoptéryx lui-même mit un certain temps à se transformer en poule pondeuse.

Mais il fallut bien se rendre à l'évidence. Un jour, il y eut des Jeunes et il y eut des Vieux. Et ce fut le commencement du plus ancien et du plus durable conflit planétaire : l'irrémédiable conflit des générations.

Le Vieux – qui, en général, a été jeune, mais qui a oublié ou alors ne s'en souvient que trop bien – s'accroche de ses pauvres doigts déformés par l'arthrose à son droit d'aînesse. Le Jeune, qui, en principe, n'a jamais été vieux et ne se doute pas une seconde qu'il le sera un jour, essaye de le décrocher.

Le Jeune a tendance à se regrouper. Il s'inscrit à des « Jeunesses ». Il organise des parties, des teufs, des raves. Il fonde des groupes de rock, de rap, de hip-hop, d'électro, de new-wave et parfois, plus rarement, de « musique contemporaine ». Woodstock est sa victoire d'Austerlitz. Il a ses bataillons de zazous, beatniks, hippies, babas cool, punks, skinheads, hooligans. (Le Jeune est souvent anglo-saxon.)

Le Jeune est un héros. Après la chute de l'Empire soviétique, l'une des rares statues à n'avoir pas été déboulonnée est celle du petit Morozov, dont le mérite n'était pas mince : il avait dénoncé ses parents.

On a vu le Jeune chinois envoyer ses professeurs, ses directeurs, ses parents et jusqu'à ses frères aînés en camps de rééducation.

Le Jeune aspire à tuer son père et le bon docteur Freud lui en a expliqué les raisons. Les plus grands poètes tragiques lui en ont donné maints exemples qu'il a étudiés à l'école. Nul doute que c'est le Vieux qui a inventé l'école et il n'a pas fini de s'en mordre les doigts.

Après avoir, en vain la plupart du temps, tenté d'inculquer au Jeune quelques rudiments de civilisation, le Vieux prend sa retraite et s'inscrit à un cours de tango clandestin.

Tout ça n'empêche pas le Jeune de réussir la Haute École Commerciale, Polytechnique, Saint-Cyr, les Ponts et Chaussées ou les Phares et Balises. Et la Normale supérieure. Après quoi il est déjà un peu plus vieux, mais il ne veut toujours pas en entendre parler. Il se croit normalement supérieur. Il attrape le jeunisme.

Ce n'est pas pour autant le plus bel âge de la vie (selon Paul Nizan – et ma nièce). Et ça ne dure pas. La jeunesse n'est qu'un temps. La jeunesse n'a qu'un temps.

Même lorsqu'il est dans sa première jeunesse, le Jeune n'est pas forcément un Jeune Premier ou une Jeune Première. Le Jeune naît libre et égal en droit, pas en fortune, ni en beauté. Ni même en intelligence, en dépit d'un nombre de neurones à peu près équivalent. Mais ça n'a jamais empêché personne de se faire du cinéma.

Le Jeune ne prend pas d'accent circonflexe. Il a bon appétit. Il digère facilement. Mais quelques excès de sentimentalisme lui causent des souffrances que Goethe a savamment recensées. Il arrive qu'un romantisme exagéré lui donne une face de carême. L'acné, par là-dessus, lui fait un air de clafoutis aux cerises.

Le Jeune n'a pas d'après, pas d'avant, il n'a qu'aujourd'hui, comme dit la chanson. Il est censé avoir l'avenir devant lui, mais Pierre Dac préciserait qu'il l'aura derrière dès qu'il se retournera...

Il n'a pas la vie facile. Il a eu le plus grand mal à sortir de l'adolescence – une période de cauchemar pour son entourage, et plutôt désagréable pour lui aussi. Imaginez la difficulté qu'éprouve la cigale à s'extirper de sa chrysalide : eh bien, chez l'*Homo sapiens sapiens*, ça dure des années ! Certains n'y parviennent jamais, c'est pourquoi il y a tant d'ados dans les maisons de retraite.

On connaît des Jeunes vieux et des Vieux jeunes – mais il est relativement facile de ne pas les confondre.

Les mots évoluent aussi bien que les espèces. Les uns sont en voie de disparition, d'autres apparaissent, que les vieux fabricants de dictionnaires s'empressent d'ajouter dans leur ordre alphabétique. Pour faire jeune. Garce fut longtemps seulement le féminin de gars. Vieux n'a pas toujours été une injure.

Dieu merci, il reste de bons petits gars, d'adorables petites garces et de gentils petits vieux. Sans compter que le jeune Rimbaud a retrouvé l'éternité. Et c'est quoi ? « La mer allée avec le soleil. »

Pas de quoi s'inquiéter.

XII

LE VOISIN

Depuis l'aube des temps, tous les malheurs de l'humanité, sans exception, débutent par une querelle de voisinage. Ne cherchez pas davantage le responsable, c'est le Voisin. Si ce n'est lui, c'est donc son chien. Le chien du Voisin. Ou alors le chat de la Voisine.

Vicinus, en latin, c'est ce qui se trouve à proximité. Le prochain. L'entourage. Enfin ce qui se trouve dans les parages, aux alentours, aux environs.

Ça a commencé comme ça. Vous avez dégoté un gentil petit coin, une clairière coquette où, parmi les mousses, chante un frais ruisseau – pour construire votre hutte de branchages et de torchis. Satisfait, vous vous endormez avec le sourire. Et quelle n'est pas votre stupéfaction de constater au petit matin qu'une nouvelle hutte s'est élevée à quelques pas de la vôtre. C'est le Voisin. Il s'est installé nuitamment avec son cortège de nuisances. Ses enfants, son chien, son chat, son conjoint, sa chaîne hi-fi. Et vous verrez qu'il ne va pas tarder à vous réclamer un droit de passage, si ce n'est un droit de pacage. À vous intenter des procès sous n'importe quel prétexte. Bref, à vous chercher querelle. Vous voici entré en vicinalité.

En promiscuité.

La promiscuité, c'est la proximité moins l'espace vital. Les gens n'ont pas la moindre notion de votre espace vital. De leur propre espace vital non plus, souvent. Ils viennent vous parler sous le nez et, plus vous reculez, plus ils avancent. Il y a quantité de places libres dans le train, mais ils choisissent de s'asseoir à côté de vous. À la plage, pour un peu, ils mettraient leur serviette sur la vôtre.

Au restaurant, le Voisin de table parle haut et fort, de choses généralement dépourvues du moindre intérêt, et sans avoir l'excuse d'être dur d'oreille. Au cinéma, il commente le film – qu'il a déjà vu – à la Voisine. Encore heureux qu'il ne divulgue pas le nom de l'assassin.

Le Voisin de chambrée discute jusqu'à point d'heure, ou bien il ronfle.

À l'hôpital, il vous décrit par le menu tous ses petits ennuis, ses humeurs, ses écoulements, ses dysfonctionnements divers, sans marquer la moindre curiosité pour les vôtres.

Dans la nature, le Voisin allume son barbecue dès six heures et vous vous trouvez toute la soirée sous le vent de ses merguez. Et si jamais c'est à l'occasion d'un quelconque rite, baptême, départ à la retraite, noces d'or, vous n'allez pas couper à « La chenille » ou à « La danse des canards ».

Le dimanche, le Voisin passe la tondeuse à l'heure de la sieste.

Tout ce qui vous sépare du Voisin est objet de litige. Il y a les bornes à ne pas dépasser. À ne pas déplacer non plus.

La haie à tailler. Le muret de pierres à remonter.

Vous appréciez la vigne vierge et la ronce à mûres : le Voisin ne les supporte pas.

Mais son châtaignier, qu'il ne taille jamais, pousse ses branches et les oursins de ses bogues au cœur de votre cerisier. Son horrifique matou, encouragé de la voix par son dogue, allemand et patibulaire, pourchasse les écureuils jusque dans vos noisetiers.

Le voisinage, c'est plein de bruit et de fureur, comme dirait Shakespeare, des tempêtes de fumées âcres, des orages sonores. Cris et aboiements.

On a proposé bien des raisons savantes, des causes subtiles, des explications sophistiquées au fait que les *Homo sapiens sapiens* ne parviennent pas à s'entendre. Or, c'est tout simple. D'abord, ils parlent trop fort et tous en même temps. Ensuite, ils sont mitoyens.

La mitoyenneté, voilà la tragédie.

Alors, que dire de la vie dans les immeubles de trente étages où l'on compte des centaines d'espèces de Voisins ?

Après celui du dessus et celui du dessous, le Voisin de palier est des plus sournois, qui se débrouille toujours pour sortir au même moment que vous… et se lance dans d'interminables discussions à propos de pannes d'ascenseur, de l'entretien du local des poubelles, de la *party* de samedi dernier chez les Machin ou d'un récent dégât des eaux.

Et depuis que les hommes se sont laissé persuader d'avoir, tout autant que les femmes, droit aux cosmétiques, le Voisin mâle s'asperge d'*after shave* explosif ou d'eau de toilette « spéciale grands fauves ». Il arrive, hélas ! que la Voisine elle-même traîne derrière elle un épais nuage de parfum acide, ou trop sucré.

Le Voisin est beaucoup plus insupportable que l'Étranger. Ce n'est pas qu'il soit foncièrement plus mauvais, mais il est plus près. On a plus fréquemment l'occasion de s'apercevoir qu'il nous ressemble. C'est très désagréable. Ainsi avons-nous guerroyé contre les Anglais, les Italiens, les Espagnols (et contre les Suisses et les Belges avant qu'ils ne se réclament d'une prétendue neutralité) plus souvent que contre les Mongols.

Je ne dis pas que le Voisin ne peut pas rendre service de temps en temps. Le Voisin peut être aimable, la Voisine accorte – et même davantage. Mais enfin, le Bon Voisin est assez rare. On ne tombe pas sur des saints François à tous les coins de rue d'Assise.

Bon. J'en étais là de ma méditation sur la vicinalité lorsque, ce matin, ne voilà-t-il pas que le Voisin, grimpé sur un escabeau, me hèle par-dessus la haie du jardin ?

« Monsieur le Voisin, appelle-t-il – n'ayant toujours pas réussi à retenir mon nom –, monsieur le Voisin !

— Qui ça ? Moi ? »

J'aurais mal refermé une vanne et sa pelouse serait inondée, paraît-il.

On ne peut jamais être tranquille cinq minutes.

XIII

LE MÉDECIN

Le Médecin est un être humain symptomatique. Il voit des symptômes partout. Il est presque aussi ancien que le patient. (Ce dernier ne fait pas forcément preuve de patience ; son nom vient du latin *patior* : je souffre.) Au quatorzième siècle, le médecin s'écrivait « médechin ».

On ne connaît pas de médechien.

Le Médecin ne manque pas de faculté. D'ailleurs, il en sort. Il voit tout de suite ce qui ne va pas chez autrui. Sa vocation lui est venue de là, très jeune : ce serait les autres qui seraient malades. Pour le Psychiatre, le Médecin de la tête, c'est pareil. Comment pourrait-il discerner la folie si lui-même était fou ? Le Médecin malade et le Psychiatre fou sont des aberrations de la nature.

Le Médecin fait d'interminables études qui lui interdisent de profiter tranquillement de sa jeunesse. Il se défoule en salle de garde et en cours de dissection où il se livre à mille plaisanteries désopilantes.

Tout le monde, sauf exception, a un Médecin dans sa famille. Ne serait-ce qu'un cousin éloigné. Bien qu'il réponde à l'appellation de médecin « de famille », il refuse en général (car il est aussi généraliste) de s'occuper de sa propre famille, par crainte de tomber dans la subjectivité.

Ou par crainte tout court.

Longtemps, le Médecin fut sans médicaments, sans stéthoscope, sans rien. Molière se moquait de lui. Il soignait par les plantes et des formules cabalistiques. Des lavements, des ventouses, des sinapismes à la moutarde. De toute façon, même depuis les fameux progrès de la médecine, les gens finissent par mourir. Mais, jadis, ils mouraient de trucs idiots, comme un abcès dentaire ou une crise de foie. Il arrivait pourtant qu'on puisse découvrir, dans des campagnes reculées, des centenaires alertes qui se nourrissaient d'oignons crus et se vantaient de n'avoir jamais consulté, pas même un vétérinaire.

Il existe de nombreuses sous-espèces (ou surespèces) du Médecin : les Spécialistes – qui se répartissent entre eux toutes les parties du corps humain et se montrent très jaloux de leur territoire (à l'exception des célèbres Médecins sans frontières). Le Gastro-entérologue refusera catégoriquement d'empiéter sur le domaine du Proctologue, qui, de son côté, ne s'aventurera jamais sur celui du Phlébologue. Souffrir à la fois de dyspepsie, d'hémorroïdes et de varices implique de faire appel à ces trois Spécialistes, ce qui coûte la peau des fesses – qui relève du Dermatologue !

Assez souvent, le Médecin est plutôt désabusé. Le retour saisonnier des épidémies l'attriste. Le grand écart entre le rhume ordinaire et les maladies orphelines l'épuise. Les tristes physionomies qui se tournent vers lui, avec des airs d'agonie, chaque fois qu'il pénètre dans sa salle d'attente l'épouvantent. Il sombre dans la dépression et décide de se tourner vers la littérature ou le théâtre. Rabelais, Tchekhov, Boulgakov, Céline, et tant d'autres ont ainsi échappé in extremis à la neurasthénie.

Le Médecin a souvent du mal à apercevoir l'*Homo sapiens sapiens* derrière l'organe malade. Le Radiologue demande à son assistante : « L'estomac est arrivé ? – Oui, répond-elle, mais le poumon s'est décommandé... »

Parfois, le Médecin fait appel à un confrère pour lui soumettre un cas. Ils s'entretiennent à voix basse et le patient, qui ne perçoit que des bribes de leur discussion, croit sa dernière heure venue. Mais non, voyons, on va le sortir de là. Le remettre à neuf. L'habiller en jeune homme, en jeune fille. À soixante-quinze ans, c'est inespéré.

La salle d'attente est l'un des derniers endroits où l'on ne cause pas. On y considère les autres malades comme des concurrents, qui voudraient attirer l'attention à notre place. Et qui sont peut-être contagieux… Les revues à disposition datent de plusieurs mois et les grilles de mots croisés sont toutes remplies. En neuf lettres, raison d'espérer : IGNORANCE. Bravo. En dix, poison utile : MÉDICAMENT.

Le Toubib (mot arabe) dit « de campagne » ne se déplace plus à toute heure de la nuit comme aux temps héroïques. Il est sur répondeur. Dans un village de la Drôme, il y a bien des lunes, le docteur T. faisait ses visites nocturnes en pyjama et en robe de chambre – car, le soir venu, son épouse mettait ses vêtements et sa mallette sous clé. Il arrivait qu'il s'endorme sur le sein d'une patiente dont, privé d'instruments, il auscultait le cœur à l'oreille…

En hôpital ou en clinique, le Médecin cède la place au Corps médical. À la tête, le grand patron peut se montrer d'humeur maussade, car il a aussi une vie privée. Il tient des propos aigres-doux au chef de clinique, qui, à son tour, a un mot désagréable pour le chef de service… Qui réprimande la surveillante. Qui houspille les infirmières. Qui critiquent les aides-soignants. Qui bousculent le malade.

« Il se croit dans un hôtel quatre étoiles, celui-là, ou quoi ? »

Par bonheur, de temps en temps, il arrive que le malade qu'on vient d'opérer soit, dans le civil, chirurgien, voire chef de service. Il souffre beaucoup – et davantage encore, encombré qu'il est de tuyaux de perfusion, de tubes d'oxygène et de cathéters, dans son amour-propre. Il n'est plus personne. C'est tout juste si l'aide-soignante qui lui fait sa toilette ne l'appelle pas « mon gros ».

Aussi écourte-t-il sa convalescence. Il convoque en urgence tout le personnel de son service auquel il sert un discours poignant sur la dignité de l'Homme en général et celle du Malade en particulier. Le respect du patient : il ne transigera pas là-dessus.

Et c'est ainsi que s'améliore l'accueil en soins intensifs.

On sait que les histoires de médecine finissent mal, en général. Gardons-nous cependant de nous laisser aller à un pessimisme déraisonnable.

Évitons de trop fréquenter le Médecin – mais sachons le traiter comme un être humain à part entière. Ne soyons pas impatients. Comportons-nous en patients patients et responsables, car, ainsi que le proclamait déjà (sous serment) ce bon Hippocrate, que saurions-nous de la santé s'il n'y avait pas la maladie, et de la maladie s'il n'y avait pas le Médecin ?

XIV

LE MALADE

Le Malade est de loin le sale type le plus répandu dans la nature. Il n'est pas forcément très malade, mais il l'est très tôt. À peine né, il souffre de maladies infantiles. Plus tard, il lui arrive d'être malade comme une bête. Comme son chien. On lui administre un remède « de cheval ». Il finit entre les mains de jeunes gérontologues qui, eux-mêmes, ne sont pas à l'abri d'un gros rhume ou d'une bonne gastro-entérite.

À l'instar de la plupart des sales types, le Malade vient du latin. *Male habitus* signifiait « en mauvais état ». On écrivait « malabde » en l'an neuf-cent-quatre-vingt. Vous savez comment sont les gens : ils n'articulent pas…

Le Malade ne sait pas forcément qu'il est malade. Il n'a pas encore pris connaissance du fameux diagnostic du docteur Knock, selon lequel « tout bien-portant est un malade qui s'ignore ».

Les êtres vivants ont en effet ceci de particulier qu'ils commencent à vieillir à l'heure précise de leur naissance.

Bien-Portant est le pseudonyme du Malade.

En prenant conscience qu'il n'est déjà plus en parfait état – informé de surcroît de l'existence de nombreux dictionnaires médicaux –, le Bien-Portant se met rapidement à s'imaginer des choses. (Molière, qui se moquait de tout le monde, le considérait comme une espèce de Médecin malgré lui.)

Le Bien-Portant se tâte de partout. Il se rend malade. Face au miroir de la salle de bains, il se tire la langue – qu'il trouve chargée. Son teint ne serait-il pas un peu jaune ? Un rot intempestif le fait douter de la fraîcheur des salsifis de la veille. S'il enfonce profondément ses doigts sous les côtes flottantes, du côté droit, il finit par se persuader qu'il souffre du foie. La cirrhose le guette. Il renonce au café au lait (qui se marie mal avec le petit verre de blanc sec). Une maladie en entraîne une autre.

Mais notre Malade n'est pas si « imaginaire » que ça, car l'hypocondrie est une maladie. Pathétique, l'Hypocondriaque, et pathologique itou.

En outre, de la façon dont un train peut en cacher un autre, une maladie imaginée peut très bien en dissimuler une authentique. Sans compter que les occasions de tomber malade pullulent.

« Maman craignait que notre vieille servante ne tombât malade de surmenage », note Proust quelque part.

Le léger malaise et l'indisposition passagère (heureusement sans gravité) voisinent avec les épidémies les plus redoutables. La contagion menace. La rémission précède la rechute. Le Malade prévoit le pire. Des effets secondaires empoisonnants. Des affections nosocomiales. On lui enlève les amygdales ou des polypes au gros côlon, il ressortira de l'hôpital avec une infection pulmonaire.

Enfin, comme il se dit au comptoir du Café des Boulistes, « il faut bien mourir de quelque chose ».

Tout cela contribue à rendre le Malade insupportable. D'autant plus insupportable qu'il n'est pas toujours très malade. Il est seulement mal fichu. Souffreteux. Un peu dérangé. Patraque. Oui, *mon Dieu, c'est embêtant*, bien sûr, *d'être toujours patraque*. Mais enfin, c'est bénin, non ? Ben non ! Quand ça lui arrive personnellement, à lui, rien n'est bénin. Inutile d'essayer de vous mettre à sa place. D'ailleurs vous n'en avez aucune envie, ne serait-ce qu'à cause de cette migraine persistante qui vous rend toute discussion pénible.

Le fétu de paille qu'il a dans l'œil empêche le Malade d'apercevoir la poutre dans l'œil de son voisin. Au royaume du bénin, l'aveuglement est roi.

Il est rare que le Malade souhaite rester incognito et prétende que tout va bien – formolympique ! jamais senti aussi léger ! un simple rhume, c'est tout ! « Mourir m'enrhume » est le joli titre d'un livre d'Éric Chevillard.

Le plus souvent, le Malade est incurable. Il ne veut pas entendre parler de guérison. À l'occasion du Nouvel An, n'insistez pas sur la Bonne Santé. N'allez surtout pas lui dire qu'il a bonne mine. Cette vallée de larmes n'est-elle pas peuplée exclusivement de mortels en mauvais état ? Il y a des jours où même le courrier est en souffrance.

D'où vient le mal ? Mystère et boule de gomme antitussive. C'est embêtant, parce que le Malade, à l'imitation des « animaux malades de la peste », réclame un âne émissaire. Qui a inventé ce virus, ce germe, ces gènes codés ? Il va même jusqu'à soupçonner le médecin.

On sait le goût de l'*Homo sapiens sapiens* pour les classements. Il a recensé toute sortes de problèmes de santé auxquels il a donné de beaux noms de maladies, larvées, chroniques, nerveuses, aiguës, allergiques, ataviques. Mais pour la Maladie, en général, singulière, il demeure en quête de définition. Il cherche fiévreusement. Comme un malade. Comme un fou. Maux de tête ou maladies mentales ? Le Malade est complètement flou.

Le Malade n'est pas malade en permanence. Il se fait alors *porter* malade. « Naturellement, je me suis fait porter malade comme les autres », affirme Sartre dans « La Nausée ».

Le Malade se plaint pour se faire plaindre. Il a toujours mal quelque part, ou partout. On lui apporte un bouillon de poule, il préférerait une tisane. Ou un grog. Sa famille n'en peut plus. Elle finit par tomber malade à son tour. Le garde-malade professionnel abdique ; il prend une année sabbatique, dans une île à cocotiers où il a le bonheur d'attraper une maladie tropicale. Il fait l'objet d'un rapatriement sanitaire. On va enfin s'occuper de lui.

Le fait qu'il soit particulièrement désagréable n'a pas empêché le Malade d'être déclaré d'utilité publique. D'avoir droit à l'Assistance. Et au déficit de la Sécurité sociale. On lui a même octroyé une charte.

Des tas de gens meurent de la maladie, mais beaucoup commencent par en vivre.

Tout le monde est malade. On ne sait pas pourquoi. On se demande comment. « Comment ça va ? »

Au Sénégal, où la question se pose en wolof – *Naga nge def ?* –, on répond : *Mangui fi reck.* Littéralement : « Je suis ici seulement… »

Jusque-là, ça va.

XV

LE SAINT

Sanctus, sanctus, sanctus. Le Saint est typiquement surhumain. Il est de surcroît quasiment universel. D'origine païenne, il a été celtisé, latinisé, sacré, consacré, canonisé, cléricalisé.

On reconnaît facilement le Saint à son auréole et à ses attributs. Saint Médard à l'aigle au-dessus de sa tête, saint Jacques à sa coquille éponyme. Saint Sébastien est criblé de flèches. Sainte Blandine est représentée entière, bien qu'elle ait été canonisée après avoir été dévorée par les lions.

On connaît au moins deux exemples de saints canins (*Canis lupus sanctus*) : le saint-bernard à tonnelet de rhum et le saint-hubert à oreilles basses.

Le Saint ne s'est pas fait en un jour – mais il n'a droit qu'à une seule journée par an. Il a commencé par souffrir le martyre. En récompense, on l'a déclaré Bienheureux. Depuis, il ne cesse de se faire prier. Si l'on en croit les ex-voto qui décorent tous les lieux saints de la planète, il lui arrive d'exaucer des vœux. On peut lui demander toutes sortes de choses.

À La Louvesc (ancienne Louvetous, Ardèche, altitude 1 050 mètres, cinq cents âmes, plus un seul loup), repose saint Jean François Régis. Feuilleter le cahier de vœux qui avoisine son gisant est riche d'enseignements sur l'évolution religieuse de l'*Homo sapiens sapiens*. On peut y lire, par exemple : « Bon Saint, faites que ma copine Amélie soit dans ma classe cette année et qu'on n'ait pas Madame Lenoir en maths. »

Sans qu'on lui demande rien, sainte Geneviève empêcha l'invasion de Lutèce par les Barbares – qui remontaient la Seine en drakkars et en hurlant. Ils sont revenus depuis, mais en cars seulement (se reporter à notre rubrique consacrée au Touriste).

Comme on connaît ses Saints, on les honore, dit-on. Mais on les connaît mal. Surtout, on ne les connaît pas tous. Les espèces de Saints sont innombrables. Beaucoup de Saints ont été ajournés, ils ne sont plus à la fête, le calendrier les ignore. À peine mènent-ils une existence discrète, dans des paroisses oubliées, lors de processions clandestines. Leurs statues ne sont plus repeintes. Leur statut est mal défini. La plupart des Saints auraient été purement et simplement inventés. Ce seraient de faux Saints.

Le Saint estampillé par le Vatican est reconnaissable au fait qu'on a installé à ses pieds des petites chandelles votives à un euro, et un tronc. Pour preuve de son efficacité.

Car le Saint authentique est utile. S'il est bien disposé, il peut faire pleuvoir, à l'exemple de son collègue aztèque, le dieu Tláloc. Mais pas souvent, parce que, tandis que l'agriculteur l'invoque pour la pluie, l'hôtelier, le restaurateur et le plagiste prient de leur côté un autre Saint pour avoir du beau temps.

Le Saint renvoie les objets perdus aux Objets Trouvés (rue des Morillons). Quand on peut compter davantage d'objets trouvés que d'objets perdus, c'est un miracle. Saint Antoine de Padoue – dix de retrouvés.

On connaît de saints fromages et de saints gâteaux. Si l'on en croit la Rostopchine, comtesse de Ségur, on pouvait acheter au seizième siècle, rue Saint-Honoré, les délicieux petits choux garnis de crème Chantilly du pâtissier Chiboust. Chez les bons fromagers, les vrais amateurs réclament à cor et à cri un saint-marcellin ou un saint-benoît « bien fait, s'il vous plaît ! »

On s'étonne de ne pas trouver de saint-de-glace chez Berthillon, en hommage à Mamert, Pancrace et Servais (11, 12 et 13 mai).

Le saint-julien, le saint-estèphe, le saint-émilion et le saint-amour sont des crus (pas toujours sur parole). On les rencontre souvent chez saint Nicolas.

Nous évoquerons saint Glinglin un de ces jours, peut-être. Mais nous ne toucherons pas à sainte Nitouche. Ni à notre sainte préférée, la plus échevelée (sous le voile) des mystiques, Thérèse d'Avila.

Ni à saint Cyr, par crainte d'être taxé d'antimilitarisme (et canonné par le canonisé).

Trêve d'avatars. Le Saint, le vrai, à la différence du prêtre-ouvrier, est un patron. Même lorsqu'il est issu d'un ordre mineur. C'est un chef. Un théoricien du divin, un spécialiste du salut, qui peut se montrer intolérant.

Sa vocation est parfois tardive, à l'instar de ce centurion tombé de cheval qui décida de consacrer le reste de sa vie à écrire des épîtres de recommandations aux Romains et aux Corinthiens.

C'est en pontifiant qu'on devient pontife. Ou poncif ?

Le Saint est souvent très à cheval sur la règle. Il en édicte pour ses moinillons, des Apprentis Saints, protégés par la clôture des tentations de la vie profane et des mauvaises pensées.

Le Saint met parfois de l'orgueil à prêcher l'humilité.

Voire de la générosité à instaurer l'Inquisition et la Question. Dans le but désintéressé de repêcher le pécheur et de purifier l'hérétique par le feu.

Le Saint qui propose plutôt des réponses, dont il nous instruit sans faire de longs discours, par son seul exemple, serait nettement plus intéressant. Mais on ne l'écoute pas, ou alors on le moque, on lui jette des pierres, on l'exile et même pis.

Pendant la Révolution française, on décapita de nombreux saints de pierre. Et Michelet nous apprend qu'on alla jusqu'à guillotiner des saints de bois.

La prolifération des espèces de Saints n'est pas vraiment compréhensible, dans la mesure où il est reconnu préférable de s'adresser à Dieu qu'à ses saints. C'est le problème des intermédiaires, bien connu de nombreuses administrations. Pour la Toussaint, fête de tous les saints, les administrations sont fermées toute la sainte journée.

Dans les époques troublées, comme celle que nous tentons de traverser, on ne sait plus à quel Saint se vouer.

Le statut de Saint s'acquiert à la suite d'un long procès – dit de canonisation. En général, il est demandé à l'impétrant d'accomplir quelques miracles à titre posthume. Et d'être mort en odeur de sainteté – ce parfum suave qu'exhale le Saint après avoir rendu son âme. Si à ce moment-là les oiseaux ont cessé de chanter dans les forêts alentour, c'est un plus. Les animaux n'ont pas leur pareil pour repérer un Saint dans la nature. (Saint Hubert renonça à une partie de chasse après avoir été reconnu par un cerf.)

L'existence du Saint est austère. Sa vie, autrement nommée hagiographie, n'est pas toujours drôle. Il est souvent malade, mais il sait faire bon usage de sa maladie. « De tous les grands malades, dit Cioran, ce sont les saints qui savent le mieux tirer parti de leurs maux. »

J'ai personnellement connu quelques saints hommes et saintes femmes. C'étaient des personnes d'un commerce très agréable, pleines d'empathie pour le genre humain, sacrifiant leur bien-être au bien commun et répandant la douceur autour d'eux. Mais, bien qu'il arrivât parfois qu'on me prît pour un petit saint, je me suis gardé de suivre leur exemple. J'ai préféré m'amuser. Aussi n'ai-je tiré aucun bénéfice de mes nombreuses et graves maladies. Par ailleurs, j'avais appris très tôt, en feuilletant le dictionnaire, que la racine latine *sanctus* avait également donné « sanction »…

Le Saint est insupportable. Avec son égalité d'âme, sa patience crispante, son horripilante modestie. Son obstination à chanter les louanges du Seigneur jusque sur le bûcher, jusque dans le chaudron où l'animiste idolâtre le fait cuire.

Sans compter tous les pèlerins qu'après son trépas il lance sur les routes encombrées.

Et tout le saint-frusquin.

XVI

LE PAUVRE

Le Pauvre est un type humain beaucoup plus répandu que le Riche. Il se reproduit davantage. Après les guerres, comme il a fini par s'habituer aux bombardements, il participe gaiement à l'explosion démographique. C'est le baby-boom. À la ménopause, son épouse méritante reçoit la médaille des mères de familles nombreuses.

Le Pauvre et son chien n'ont de pedigree ni l'un ni l'autre. Quand ils n'ont pas de collier non plus et qu'ils ont l'air perdu, on les conduit tous les deux à la fourrière.

Le Pauvre vient du latin *pauper*, car la misère était déjà connue dans l'Antiquité. Il s'est d'abord orthographié « povre », comme dans la fameuse « Farce de maistre Pathelin ». Dans le Sud, on prononce « pôvre ». Le Pôvre n'est pas tout à fait aussi pauvre que les autres, car la misère est plus pittoresque au soleil et plus drôle *avé l'assent*.

La misère chic est appelée « paupérisme ». Le neveu d'un certain Napoleone Buonaparte avait publié un livre intitulé « L'Extinction du paupérisme ». Tout un programme ! Il fut élu président, puis plébiscité empereur. Mais, au pouvoir, on ne fait pas forcément ce qu'on veut. Et puis cet opuscule était une œuvre de jeunesse, empreinte d'une naïveté certaine.

En général, le Riche tient le Pauvre pour un pauvre type.

Et il est suffisamment intelligent pour comprendre que, si les pauvres étaient moins pauvres, les riches seraient moins riches.

De toute façon, le Pauvre est beaucoup trop nombreux. À la fin du vingtième siècle, le patrimoine de trois-cent-cinquante-huit milliardaires dépasse les revenus cumulés de quarante-cinq pour cent de la population mondiale. Un Riche vaut six millions et demi de Pauvres. C'est dire qu'il y a vraiment trop de Pauvres.

« Si l'on veut gagner sa vie, conseillait Alphonse Karr, il suffit de travailler. Si l'on veut devenir riche, il faut trouver autre chose. »

Le Pauvre joue à la loterie. Il a une chance sur un million de gagner. Les statistiques, qui ont été inventées pour l'embêter, prouvent que, même s'il a déjà joué mille fois, il n'aura toujours au prochain tirage qu'une seule chance de gagner sur un million. Il ne se décourage pas, car il est persuadé que « ça n'arrive pas qu'aux autres ». Ce qui n'est pas faux.

Le Pauvre gagnant devient un Nouveau Riche.

Les Vieux Riches continuent à le tenir pour un pauvre type.

Et ça ne change pas grand-chose aux statistiques.

À l'exception notable de saint François d'Assise (*il Poverello*, un petit Pauvre italien issu d'un milieu aisé), le Pauvre déteste les autres Pauvres.

Il se montre parfois fier de sa pauvreté, comme Diogène de Sinope qui était issu d'un milieu cynique.

D'ailleurs, pendant très longtemps, le Pauvre trouvait normal d'être pauvre. C'était la volonté du Seigneur – en tout cas, c'est ce que prétendait le seigneur du coin et le prieur du monastère voisin. Il serait plus heureux dans l'autre monde. À condition d'obéir aux dix commandements et, surtout, de ne pas commettre le péché – capital – de gourmandise. Et puis d'éviter de faire des mots d'esprit. « Heureux les pauvres en esprit, le royaume des cieux leur est ouvert » (Matthieu, V, 3).

Le Pauvre ne trouvait aucun plaisir à réfléchir, car il n'avait point d'instruction. L'école était payante et facultative. La pauvreté était héréditaire et les vaches étaient bien gardées.

« Majesté, le peuple ne sait pas lire, disait-on à Marie-Antoinette. – Qu'on lui donne de la BD ! » répondait-elle. (Selon Martin Veyron.)

Tout cela a malheureusement bien changé, avec les progrès de l'éducation, de la science et de l'industrie. Sans parler de la Révolution. La Révolution française fut une période assez déplaisante pour les statisticiens. Il était difficile de compter la population par têtes. De nombreux sociologues amateurs y perdirent la leur.

Depuis qu'il a appris à lire et à compter, le Pauvre ne souffre plus aucune contrariété. Ni la famine, ni le chômage, ni les taux d'intérêt. Il répugne aux travaux pénibles et salissants. En outre, il ne se sent pas très bien. Il prend des antidépresseurs.

À l'école obligatoire, il a entendu parler de Marx, de Freud, de la prise de la Bastille. Ça ne l'empêche pas de voter comme un imbécile.

La preuve !

On observe dans la nature d'innombrables espèces de Pauvres. Elles ne sont pas protégées, au contraire des espèces de Riches. Passons rapidement sur le Pauvre con, le Pauvre type, le Pauvre ami. Le Pauvre hère (*Pouvre hayre*, lit-on dans « Gargantua ») désignait un petit nobliau de rien du tout, ou alors un jeune cerf. Le Nouveau Pauvre n'est pas fier, il évite de se faire remarquer, à la différence du Nouveau Riche.

Le Pauvre comme Job est bien connu, même des gens qui n'ont jamais lu la Bible. Job était un Ancien Riche réduit à la plus grande misère par Satan qui voulait le pousser à renier Dieu. Job refusa de blasphémer et Dieu finit par le rétablir dans sa fortune. Dieu ne peut pas faire ça pour tout le monde, naturellement. Cependant, il est recommandé au Pauvre d'éviter de jurer : on ne sait jamais.

Le Pauvre diable est une espèce de Pauvre particulièrement amusante. Il vit à la diable, il tire le diable par la queue, il habite au diable vauvert.

Le parent Pauvre est un cousin éloigné du Riche.

Le Pauvre a beaucoup de mal à emprunter de l'argent, car il est bien connu qu'on ne prête qu'au Riche. Et, d'ailleurs, il n'y a que le Riche qui prête. À un autre Riche, donc. Il ne donne pas. Il faut lui rendre. « Intérêt et principal ».

Il n'y a que les moins pauvres qui donnent aux plus pauvres – parce que leur maman leur recommandait de regarder ceux qui possédaient moins qu'eux plutôt que ceux qui possédaient davantage. Ce genre de recommandation n'est plus du tout à la mode.

La malédiction a tout de même ses limites. Personne n'est à l'abri d'un héritage imprévu. Un oncle d'Amérique oublié. Une erreur de la banque. Un porte-monnaie oublié dans un bar. Un portefeuille de ministre trouvé dans le caniveau.

Le Pauvre a des consolations. Son huitième enfant conserve une chance de devenir Beethoven.

Et puis le mal a ses fleurs, si l'on en croit Charles Baudelaire.

« Dieu, touché de remords, avait fait le sommeil ;

L'Homme ajouta le vin, fils sacré du Soleil ! »

Sans oublier, parmi les sources de réconfort, la poésie, l'humour, toutes ces sortes de choses. Et les lamentations : « Pauvres de nous ! »

Au fait, quand ils se lamentent, que disent les Riches ?

XVII

LE VÉGÉTARIEN

Le Végétarien végète. Comme tous les sales types, il est typiquement humain. Il a des principes. Qu'il voudrait imposer aux autres et à son chien. Fatigué des croquettes aux salsifis et aux courgettes, le chien s'enfuit dans la montagne et s'en va semer la terreur dans un troupeau de moutons, déguisé en loup.

Végéter, qui signifia d'abord pousser vigoureusement, a beaucoup perdu de sa vigueur. Gide notait dans son « Journal » (novembre 1904) qu'un morne engourdissement de l'esprit le faisait végéter – il en attribuait la cause au fait qu'il s'occupait peut-être un peu trop de son jardin.

Le Végétarien pense qu'on devient ce qu'on mange. Et il préfère se transformer en concombre ou en épi de seigle, plutôt qu'en poulet fermier. En vitamine, à la rigueur. (Persuadé qu'un jus de carotte coule dans ses veines, il a souvent le teint orangé.) Le naturaliste et l'anatomiste lui objectent qu'il est entièrement composé de viande, d'os, de sang, de peau et de tripes. Comme le poulet. Le Végétarien ne veut pas le croire. La Végétarienne encore moins, qui rêve d'être prise pour une belle plante. L'incrédulité est une forme de crédulité, mais la foi soulève les montagnes…

On a pu voir récemment, sur les marches de l'Opéra-Bastille, deux charmantes jeunes filles – plutôt replètes – qui luttaient contre les courants d'air pour maintenir tendu un drap proclamant en grosses lettres noires : « ABOLITION DE LA VIANDE ».

Il est douloureux de découvrir, parmi notre belle jeunesse, de telles aspirations suicidaires.

Le Végétarien ne veut pas non plus se transformer en antibiotique. Il se soigne exclusivement par les plantes. Ses rhumes sont interminables et il finit par dégager une insupportable odeur d'eucalyptus. Il refuse de se faire opérer des végétations.

Qu'on ne se méprenne pas : il est des Végétariens raisonnables, comme l'auteur de ces lignes, grand adorateur du Végétal, mais qui, redoutant de finir en légume, s'offre une fois par mois une belle entrecôte. Persillée. Saignante. Ainsi que de fines tranches de poisson cru à la japonaise. Dans le but de continuer à frétiller.

Nous moquons ici le Végétarien enragé, celui qui a mangé de la salade folle, et qui est prêt à tuer (ça s'est vu chez nos amis anglo-saxons) pour instaurer le règne du petit pois sans pigeon, interdire le foie gras, sauver les dindes de Noël et de Thanksgiving.

Même les grands carnivores ne sont pas aussi sectaires. Le tigre, la lionne ou la hyène ne condamnent nullement la verdure. Ils ne laissent jamais de côté les entrailles des herbivores – qui leur font un apport de légumes prédigérés.

Tous les organismes vivants sont omnivores – y compris le Végétarien – puisque le topinambour, la scarole et le pissenlit se nourrissent par la racine d'une multitude de cadavres en décomposition. La planète Terre est un grand cimetière, où les vivants ressuscitent des morts.

Au risque de heurter les sensibilités délicates, il faut bien dire les choses comme elles sont. Par exemple : le poulet mange du poulet. Sans états d'âme. Nous avons vu la poule pondeuse, élevée en plein air et avec amour par Stanislas et Sophie, se jeter avec voracité sur la carcasse d'un coq label rouge (cuisiné au vin)...

Et nous n'avons pas oublié que Totor III, le cochon d'Angèle, sur l'île de Groix, adorait les pommes de terre aux petits lardons.

Certes, « la chair est triste, hélas », mais le compost n'est pas gai.

La grise mine qu'arbore le Végétalien – cet Hypervégétarien qui s'abstient de tout rapport avec l'animalité (lait, beurre, fromage, œuf, miel...) – n'incite guère aux délices de la convivialité. Si vous lui réclamez du miel, le Végétalien de type zen macrobiotique, qu'on a du mal à distinguer au fond de sa boutique, au milieu des racines, vous répond sèchement qu'il ne vend pas ce genre de nourriture « beaucoup trop violente ».

On verra peut-être un jour s'ouvrir des restaurants platoniques, où l'on pourra jeûner à volonté pour une somme modique.

Manger de tout ne signifie pas manger n'importe quoi. Ni n'importe comment. On évitera tout manque de respect – et certaine cuisine d'outre-Manche, « une abomination qui consiste (selon la très anglaise Virginia Woolf) à mettre des choux dans de l'eau et à rôtir la viande jusqu'à ce qu'elle devienne de la semelle de soulier ». Mais, sous *l'obscure clarté qui tombe des étoiles* du Michelin, officient en France de bons chefs anglais, tandis que de mauvais cuisiniers français, à l'étranger, déshonorent l'escargot de Bourgogne et la cuisse de grenouille. Incertitude du sport et de l'alimentation.

Quoi qu'il en soit, l'Honorable Omnivore ne transige pas sur le respect de la nourriture. Il remercie le canard, la sole, la coquille Saint-Jacques et la vache, au même titre que l'épi de maïs. Car la céréale n'est pas mieux traitée que le poulet aux hormones. Élevée en rangs si serrés qu'elle ne sait plus où poser le pied, arrosée, engraissée, condamnée à la surcharge pondérale, elle est fauchée dans la fleur de l'âge, découpée, broyée, réduite en poudre, cuite sans ménagement, et pis : mal assaisonnée…

Le narrateur d'une nouvelle de J. D. Salinger prétend n'avoir jamais gobé une huître sans prononcer les grands vœux bouddhistes. (« … Aussi incommensurables que soient les phénomènes, je fais le vœu de les comprendre… » et cetera.)

On peut se contenter de la formule sacrée des Sioux Lakotas : *O mita kuye oyasin.* (« À l'ensemble du vivant auquel je suis apparenté. »)

C'est pas bio ?

Ajoutons que, pour le meilleur médecin nutritionniste qu'ait connu le Vieux Continent, le bon docteur François Rabelais : « L'appétit vient en mangeant et la soif s'en va en buvant. »

Même si, parfois, c'est le contraire.

XVIII

L'ENTHOUSIASTE

L'Enthousiaste est l'exemple même du type assommant. Carrément usant, toujours content. Son chien vous fouette les tibias de sa queue, s'essuie les pattes sur vos pantalons et vous lèche le fond de teint. L'Enthousiaste monte au ciel sans arrêt, comme d'autres font de la varappe. Il faut attendre qu'il retombe. Quand il retombe…

Enthousiasmos, c'était, chez les Grecs, le transport divin. La transe, le ravissement. L'exaltation, l'emballement, l'allégresse. En conséquence, l'Enthousiaste est allègre, emballé, exalté, transi.

Qu'est-ce qui lui prend ? Il pleut, il vente, les nouvelles sont on ne peut plus alarmantes ; on annonce des tornades, des tremblements de terre, des épidémies et l'adaptation au cinéma du meilleur roman de votre écrivain préféré.

L'Enthousiaste croit en Dieu. (Dieu est en lui ou il est en Dieu, au moins d'un point de vue étymologique.) Il croit en l'Homme, au président de la République et spécialement au ministre des Transports.

Un rien le transporte. Comme ce type de chez Flaubert : « philosophe, philanthrope, ami du progrès et de la civilisation, enthousiaste de la culture de la pomme de terre... ».

Dans les circonstances où le commun des mortels se contente d'être content, lui est *infiniment ravi*.

Prêt à tout, il est partant pour tout. Une balade dans la gadoue des sous-bois en automne, une sortie en mer par force dix sur l'échelle de Beaufort, une randonnée dans le désert le 15 Août.

« Génial ! » et « Chouette ! » sont ses cris de ralliement. La Land Rover pète une durite ? On poursuivra à dos de chameau... Il n'y a pas de chameau ? Pas de dromadaire, non plus ? Il a toujours adoré la marche. Cinquante degrés à l'ombre ne lui font pas peur. On marchera de nuit. Rien n'est plus somptueux que la nuit dans le désert. Alléluia !

Admettons qu'il y ait un problème. *Il y a une solution : pourquoi s'en faire ? Il n'y a pas de solution : pourquoi s'en faire ?*

Avec lui, difficile de se plaindre de quoi que ce soit. La santé, les intempéries, le Conjoint, le Médecin, le Voisin, les Commerçants, les Jeunes... Il trouve des excuses à tout le monde. Et d'abord au Grand Architecte. Si l'univers paraît mal foutu et semble aller de guingois, c'est qu'on ne perçoit qu'une infime partie des plans initiaux. Voire une simple esquisse. Les desseins du Seigneur sont impénétrables. Ses dessins également.

Et puis, à quelque chose malheur est bon. D'ailleurs, votre projet de fonder un Club de Désenchantés l'enchante. Car Dieu est humour.

Pour vous faire plaisir, il veut bien reconnaître que tout ne va pas pour le mieux. Mais tant mieux, ajoute-t-il. Il n'y aurait plus rien à espérer...

L'Optimiste pense que ça va s'arranger. L'Enthousiaste croit que tout est arrangé de toute éternité.

Dans la nature – à l'état calme – il est reconnaissable à sa façon de hausser les sourcils dans un mouvement d'étonnement perpétuel. À sa démarche sautillante. On dirait qu'il redécouvre en permanence un monde enchanté. Il porte son chapeau basculé vers l'arrière, à la façon de Charles Trenet. Il a un mot aimable pour le mendiant, la marchande de quatre saisons, le directeur de banque et la contractuelle. Tout juste s'il ne s'écrie pas, comme Bison Assis au matin de la bataille de Little Big Horn : « C'est un beau jour pour mourir ! »

Jadis, il partait pour la croisade d'un pas alerte, en dépit du poids de son armure. En chantant les louanges du Seigneur. Dans un accès de délire sacré, il jetait la clé de la ceinture de chasteté de son épouse.

Selon Barrès, on aurait vu « des évêques jeter en l'air d'enthousiasme leurs crosses ».

C'est le ravi de la crèche.

Il s'enflamme plus vite que la mèche d'amadou au contact de l'étincelle. S'il retrouve des collègues, on ne parvient pas toujours à circonscrire l'incendie. Il s'emballe. Il peut devenir fou. Le Fanatique est son avatar ultime.

L'Enthousiaste Permanent est heureusement une espèce rare. Dieu, dans sa grande miséricorde, y a pourvu : la tendance de l'univers à l'entropie, au désordre et au chaos limite son territoire et son espérance de vie. Il ne revient pas toujours de la croisade.

Mais attention. Personne n'est à l'abri d'un enthousiasme passager.

Même Charles Baudelaire, grand amateur de blues, n'a pas toujours su l'éviter : « Je me sentais, grâce à l'enthousiasmante beauté dont j'étais environné, en parfaite paix avec moi-même et avec l'univers… », écrit-il dans « Le Spleen de Paris ».

N'importe qui peut sombrer dans l'enthousiasme. En tombant de cheval (comme Saül de

Tarse). En s'appuyant contre un pilier de cathédrale (comme Paul Claudel). En se trouvant trop près d'un ampli durant un concert de rock. En se tenant inopinément sur le passage d'une comète. En dégustant une petite madeleine. En recevant l'extrême-onction.

Il convient d'éviter de fréquenter l'Enthousiaste, même intermittent. De changer de trottoir, dès qu'on l'aperçoit. De refuser les dîners en ville dans certains arrondissements. Les premières d'Enrico Macias. Les garden-parties à l'Élysée.

De toute façon, vous tomberez sur lui un jour ou l'autre. Ce ne sera pas votre jour. Il ne pourra pas tomber à un plus mauvais moment.

Et lorsque vous finirez, à grand-peine, par vous en débarrasser, sur qui tomberez-vous ? Sur le Pessimiste.

(On comprendra que l'idée de consacrer un chapitre au Pessimiste ne nous a pas enthousiasmé.)

XIX

LE LAMBDA

Le Lambda est un sale type virtuel. Il s'agit pourtant d'un individu de type courant, susceptible de nous heurter à tous les coins de rue. Il est à la fois omniprésent et insaisissable. Mi-anguille, mi-cachalot. On le reconnaît à ce qu'il est difficilement reconnaissable. Il en est ainsi pour le chien que, dans l'incapacité d'en définir la race, on appelle corniaud.

Le Lambda représente la société anonyme à responsabilité indéterminée. Dieu, nous dit-on, serait l'Alpha et l'Omega de toutes choses, c'est-à-dire le commencement et la fin. L'*Homo sapiens sapiens* se promène dans le mitan de l'alphabet grec. Prenez un type au hasard : c'est le Lambda !

On ne peut pas être plus moyen que lui. (Du latin *medianus*, au milieu, entre deux.) Élève très moyen, à qui son professeur accorde la moyenne à contrecœur. Banal, on le trouve dans le ban et dans l'arrière-ban, généralement dans des lieux communs. Il est en effet « extrêmement commun ». Son manque d'originalité confine à l'absolu. En définitive, il est plutôt difficile de le différencier de tout le monde... C'est pourquoi faire son portrait se révèle délicat, sinon absurde. Seule la peinture abstraite pourrait y convenir. À moins que ce ne soit le photomaton. Le chroniqueur se tord les mains. Il court se renseigner sur le grand retour du Sujet en philosophie.

La secrétaire du Professeur lui demande :

« C'est à quel sujet ?

— Au sujet du Sujet, répond-il. Du Sujet Lambda, précisément.

— Il vous connaît ?

— Lambda ?

— Non, le Professeur... »

Et cetera.

Le Lambda est en principe anonyme, en dépit de sa grande notoriété. S'il devient célèbre, à la suite d'un fait divers ou de toute autre circonstance accidentelle, il devient possible de le classer. C'est le Con, le Philanthrope, l'Agélaste, le Saint ou l'Imbécile Heureux, n'importe quel autre sale type... Mais, tant qu'il n'est pas connu, il est n'importe qui.

C'est de là qu'il tient tout son pouvoir. Il est l'individu mystérieux, mythique, à qui revient le succès ou l'échec de toute entreprise. Le lecteur Lambda que redoute l'éditeur et qui épouvante l'auteur, c'est lui. Le spectateur Lambda qui terrorise le producteur de cinéma. L'enchaîné Lambda que tentent de manipuler le directeur de chaîne de télévision et le publicitaire.

Il s'agit d'un phénomène tout à fait étrange, car le Lambda ne pense pas par lui-même. Il n'a pas d'avis propre. Son truc à lui, c'est : « Il paraît que c'est génial ! » Ou alors : « Il paraît que c'est ringard… » Qui le lui a dit ? Un autre Lambda ? Justement non. Impossible. Alors qui ?

Le Lambda est un inconscient collectif.

Le Lambda danse la lambada, quand c'est la lambada. Sinon le charleston, quand c'est le charleston. Il se met au tennis, quand c'est Roland-Garros ou Wimbledon. Au jogging, quand il voit les autres Lambdas courir. Ils trottinent sur les trottoirs des grandes métropoles, tous ces Lambdas à peine visibles dans le brouillard des pots d'échappement, le visage crispé, mais déterminés à se tasser les vertèbres et à s'écraser les rotules. Pour gagner quelques dixièmes de seconde au tour du pâté d'immeubles. Ne vous avisez pas de leur couper la route. Il y a grand danger à ralentir le Lambda. Il ne vous pardonnerait pas de lui avoir fait baisser sa moyenne.

C'est le Lambda qui fait les modes, tout en croyant que ce sont les autres. Il fait la mode en la suivant. Le serpent se mord la queue. Ça tombe bien : le Lambda a horreur de se prendre la tête.

Il est en même temps le grain de sable dans les rouages de l'évolution et la matière première de l'Humanité, la boue primordiale.

Le Lambda vote pour le candidat lambda, qui représente le mieux le citoyen lambda – qui milite pour le fameux « changement dans la continuité ».

Le Lambda est désespérément moyen, mais terriblement désespérant. Du coup, l'existence de nombreux autres sales types finirait par nous rassurer.

Il y a tout de même un truc pour repérer le Lambda. Parlez-lui de l'individu Lambda, vous verrez. Il ignore absolument qu'il s'agit de lui. Il va vous parler des autres.

Teilhard de Chardin (1881-1955), jésuite et paléontologue, pensait que l'évolution convergeait vers un pôle qu'il nommait Omega – où les multiples consciences finiraient par se fondre en harmonie, quelque chose comme ça. Et pourtant cet homme avait vécu à New York.

Mais il avait peut-être raison, après tout. Seulement, si nous nous livrons à une rapide estimation du temps qu'il nous a fallu pour rejoindre le point Lambda, on n'est pas près d'y être, au point Omega.

XX

LE GROUPE

Le Groupe est un ramassis de sales types qui fonctionne comme un seul homme. Il est à la fois typiquement humain et universel. On l'observe chez l'étourneau, la sauterelle, la morue, la sardine ou le chien errant. C'est le vol, le banc, la meute. Composé d'individus de type *Homo sapiens sapiens*, il varie en genre et en nombre, du groupuscule à la multitude, en passant par la tripotée. C'est la bande, l'équipe, le club, le quarteron, la maffia, le peloton, le régiment. La Foule.

Mais n'anticipons pas.

En principe, le groupuscule est composé d'au moins cinq individus agglutinés sous l'effet de la boisson, d'une excitation sexuelle ou sportive, ou d'une quelconque idéologie. Ces individus se retrouvent alors en indivision et agissent désormais comme une entité unique. Généralement comme un Con.

Car, ainsi que Georges Brassens l'a prouvé par la chanson, « dès qu'on est plus de quatre, on est une bande de cons ». Le Groupe reprend cet air en chœur, sans malice.

Il arrive que trois types suffisent à former un Groupe.

Le Groupe a un mode de comportement tout à fait étonnant. Par exemple, il peut changer brusquement de direction à la façon du banc de sardines. Cependant, il échappe à la plupart des lois mathématiques ou biologiques courantes, ainsi qu'au bon sens le plus commun. En effet, dans le Groupe, les neurones ne s'ajoutent pas, ils se retranchent.

Le quotient intellectuel du groupe est inférieur à celui du plus bête des éléments qui le composent.

Constitué de trouillards, le Groupe n'a pas peur.

Le Groupe fait des choses que pratiquement aucun de ses membres n'aurait songé à faire tout seul. Par lâcheté ou par manque d'imagination.

Le Groupe est inculte. Victor Hugo a raconté dans « Les Misérables » qu'un jour d'émeute, lors de la révolution de Juillet, un jeune poète fut poursuivi place Royale par les baïonnettes d'un groupe de la garde nationale au cri de « À mort les révolutionnaires saint-simoniens ! » Le pauvre avait sous le bras les mémoires du duc de Saint-Simon.

Le Groupe croit que les matches de football se déroulent dans les tribunes.

Le Groupe gueule, éructe, siffle, allume des feux de Bengale et lance des pétards.

Difficile de discuter avec le Groupe.

Le Groupe est anonyme. Il est entièrement composé de Lambdas. Il s'avance masqué. Il porte la cagoule ou la capuche. Il joue avec le feu. Il a le diable au corps et la bêtise en tête.

La pesanteur le tire au plus bas.

Le Groupe a sa propre loi. Celle du juge Lynch (1736-1796), grand théoricien du simulacre de justice et de l'exécution sommaire, qui formait un Groupe à lui tout seul. Aux États-Unis, mais aussi partout dans le monde sous d'autres noms, le « lynchage » fut très longtemps à la mode dans certains Groupes qui n'ont pas tout à fait disparu ou qui ne demandent qu'à se reformer. Partout, le seul fait de ne pas faire partie du Groupe peut se révéler mortel.

Tout près de chez nous, au début des années soixante-dix, un Groupe de Jeunes Enthousiastes Philanthropes crut de son devoir de prôner l'instauration de tribunaux populaires – dans les colonnes d'un journal publié sous le haut patronage de l'auteur de « L'Être et le Néant ». Ce journal, par ailleurs peu lisible, était heureusement assez peu lu.

D'un point de vue anatomique, le Groupe se présente globalement comme une masse indistincte d'os, de muscles, de viscères et de cervelles débranchées. Pratiquons une biopsie sur le Groupe. Prélevons délicatement au scalpel un de ses éléments et ôtons-lui brutalement sa cagoule. Nous découvrons le visage ordinaire d'un individu qui nous regarde d'un air hébété et se met tout de suite à crier : « C'est pas moi ! »

Il arrive au Groupe, qui demeure toutefois une entité humaine, de se laisser aller. Il desserre les rangs. Il s'éclaircit. Il pourrait tout aussi bien se désagréger. Tout ça risquerait de finir dans l'anarchie. (L'anarchie est la hantise du Groupe.)

Mais, comme il se trouve un œil au centre du cyclone, il existe au centre du Groupe une espèce d'entité visqueuse : c'est son âme damnée. Qui intervient alors avec sévérité pour ordonner le regroupement. C'est une âme damnée de type adjudant, colonel, général, chancelier, petit père des peuples. On fusille un peu. Pour l'exemple, au début, puis par habitude ou comme pour un rappel de vaccin. Le Groupe se resserre. À son apogée, il s'institue en Parti Unique, mais, déjà, il a peur de lui-même et n'hésite pas à se retrancher de ses membres malades (ou susceptibles de tomber malades). Puis de la majorité de ses membres, par souci de sécurité.

L'apogée du Groupe est le commencement de sa fin.

On constate fréquemment que les éléments d'un Groupe dissous peuvent aller rejoindre aussitôt le Groupe opposé. Sans complexe. Ils iront jusqu'à tondre les femmes soupçonnées d'avoir eu des rapports avec des membres de leur ancien Groupe. L'élément de base du Groupe, mentalement fragile, dépérit rapidement lorsqu'il se trouve séparé de son agglomérat. Son déficit d'identité est tellement grave qu'il ne songerait même pas à se demander : « Qui suis-je ? »

On recense dans la nature d'innombrables espèces de Groupes. Plus ou moins dangereuses.

La Classe peut être maîtrisée, parfois (au moins dans certains établissements).

L'Équipe aussi, du moins par les meilleurs arbitres.

Il est recommandé de s'échapper le plus loin possible du Peloton.

La Bande est toujours nuisible.

Le Groupe Financier, dont l'âme damnée est le conseil d'administration, est une espèce de scolopendre dont les mille pattes sont des petits porteurs...

La Foule demeure la plus terrible des catastrophes naturelles. On s'y perd, on s'y fond. Elle vous emporte. Elle s'emporte aussi.

La Foule est approximative. Inquiète. Énervée. Bête. La Foule s'affole. Elle se marche dessus. Elle se foule elle-même. Elle se met à crier : « Ne poussez pas ! » C'est un début de prise de conscience. Mais trop tard.

Dans sa forme virtuelle, psychologique, statistique, médiatique, la Foule est appelée Opinion Publique.

L'Opinion Publique est un sale type. Toujours majoritaire. Elle impose un président. Quelques mois plus tard, elle lui retire sa confiance. Trop tard encore.

L'Académie française est un des rares Groupes qui ne soit pas un sale type. Ne serait-ce que parce qu'on peut rendre visite à ses membres séparément. (Faites-moi penser à prendre rendez-vous.) Et puis elle décerne chaque année un grand prix de l'humour. Ça ne manque pas de tenue, mais c'est tout petit, l'Académie. Cosy, mais aussi serré qu'une salle de théâtre à l'italienne. (J'aimerais être élu à un fauteuil du premier rang, pour pouvoir allonger mes jambes.)

Bon. Ne serait-il pas temps de cesser de nous occuper des gens ?

Tenez : dînons ensemble un de ces soirs, voulez-vous ?

En tête à tête.

XXI

Épilogue

Le Misanthrope accomplit de longues randonnées en montagne, avec ou sans son chien, il contemple les sommets qui semblent caresser le ciel (à la différence des gratte-ciel), le décalquer avec art. Il se dit que Dieu regarde sûrement le monde de cette façon – s'il pense à le regarder. De loin. Puis, ayant pris son bain d'horizons, le Misanthrope redescend de la montagne sacrée et le désir lui vient de prendre un bain de mer, sur une plage pas trop fréquentée, si possible, car il n'apprécie guère les bains de foule.

Cette fois, c'était la mer Caraïbe.

Une adorable et distinguée mulâtresse de mes amies m'avait prêté une petite maison en bois près de Trois-Rivières. Un petit ponton s'avançait sur l'eau au pied de la maison adossée à la colline, un petit morne sur lequel paissait un mystérieux troupeau de chèvres. Par on ne savait quel passage secret, ces êtres capricants, étranges, cornus et mamelus, venaient chaque jour, au lever du soleil, faire provision de sel aux abords du ponton, puis regagnaient leur enclos sans qu'on aperçût jamais nul berger.

On prête facilement des maisons aux écrivains. Il semble sans doute aux propriétaires que l'activité cérébrale, féconde et joyeuse de l'individu qui joue aux échecs avec les mots, tout en s'efforçant d'en tirer des accords majeurs, doit avoir une bonne influence sur l'atmosphère du foyer et, par là même, être agréable aux dieux lares ou aux esprits des ancêtres. (Les peintres – pourtant bien méritants – se voient plus rarement invités, parce qu'ils laissent des traces de peinture partout.)

Je venais de régler mes comptes avec la plupart des sales types de ma connaissance. Au dernier moment, j'avais renoncé à traiter le Type Épatant, que je tenais pour l'un des pires, mais son existence même se trouvant contestée par divers spécialistes, je ne tenais pas à entrer en polémique.

Donc, je me délassais le corps et l'esprit dans l'eau bien tempérée des Caraïbes. Je me préparais des ti-punchs et des boudins créoles qui m'attendaient au bout du ponton.

Mon vieux masque de plongée m'était bien utile, car je m'étais fait un petit copain poisson. Un minuscule poisson rouge et jaune avec lequel je jouais à cache-cache. Il se tenait derrière un pilier de bois vermoulu, mais, si je ne bougeais pas, il ne tardait pas à sortir à moitié de sa cachette pour me jeter un coup d'œil et s'assurer que j'étais toujours là. D'avoir le sang froid n'empêche pas les poissons d'éprouver de la curiosité, sinon des sentiments.

Un vieil âne débonnaire passait me voir de temps en temps à l'heure du thé. Nous *brayions* ensemble un moment (en contravention formelle à la règle qui interdit de conjuguer ce verbe autrement qu'à la troisième personne).

Je fais assez bien l'âne – des tas de gens, depuis ma plus tendre enfance, s'étant évertués à me faire braire.

Dire que j'étais seul n'est qu'une façon de parler.

J'étais également entouré par des centaines d'insectes originaux, de papillons extravagants et de gracieuses araignées.

Pour me détendre entre deux phrases, ou entre deux mots, je me livrais aux délices de la macrophotographie. Qui consiste à s'approcher lentement, très lentement, en rampant, d'un papillon multicolore, à cesser de respirer et – clic ! – à réussir le superbe portrait d'un brin d'herbe en gros plan.

Ou bien j'escaladais le morne, enjambais les barbelés et caracolais avec les chèvres. Je me suis toujours senti très proche des caprinés. Je bêle couramment. (Je suis né sous le signe du Capricorne.)

Donc, ce jour-là, je caracolais parmi mes sœurs qui gambadaient au gré de leur humeur fantasque, lorsque, soudain, je me trouvai en face d'un vieux bouc à longue barbiche. Aux arrêts, il m'interdisait le passage et m'observait de ses yeux jaunes fendus d'un éclair noir, avec sévérité.

Je fus tellement étonné par cette rencontre que je ne songeai pas même à le prendre en photo. Il finit par disparaître dans le troupeau.

Le lendemain, le surlendemain et les jours suivants, je parcourus la colline en tous sens à sa recherche, mais en vain. Je fus bientôt intimement persuadé que ce vieux bouc devait être une réincarnation de Confucius.

« Le Sage est un sale type », me dis-je.

Je ne le revis qu'une seule fois, en songe, peu après mon retour à Paris. Il avait toujours son regard mauvais et semblait vouloir me dire quelque chose. Je m'approchai de lui en me penchant, dans mon rêve, et finis par comprendre son propos :

« L'Écrivain aussi », chevrotait-il.

Je n'en avais jamais douté.

Cartes sur table

Cet ouvrage a été imprimé en France par

CPI
Bussière

à Saint-Amand-Montrond (Cher)
pour le compte des Éditions Julliard
en août 2009

Composition réalisée par PCA
44400 Rezé

N° d'édition : 49795. – N° d'impression : 091732/1.
Dépôt légal : septembre 2009.